Martin Vollmer

SOKO Mauerfall

Ein Montabaur-Krimi

Alle Hauptfiguren und Handlungen sind frei erfunden.
Ähnlichkeiten mit lebenden und verstorbenen Personen sind rein zufällig.

© 2015 Martin Vollmer

Alle Nutzungsrechte dieser Ausgabe bei
Gardez! Verlag Michael Itschert
Richthofenstraße 14
42899 Remscheid
www.gardez.de

Verlag Christoph Kloft
Südstraße 5
56459 Kölbingen
www.christoph-kloft.de

Lektorat und Korrektorat
Michael Itschert und Christoph Kloft

Satz und Umschlaggestaltung
medien-buffet Sonja Alberti

Titelfoto
Sofie Vollmer

Druck
CPI, Leck. Printed in Germany.

Originalausgabe, 1. Auflage 2015

Das Werk einschließlich aller seiner Teile ist urheberrechtlich
geschützt. Jede Verwertung außerhalb der engen Grenzen
des Urheberrechtsgesetzes ist ohne Zustimmung der
Verlage unzulässig und strafbar. Dies gilt insbesondere für
Vervielfältigungen, Übersetzungen, Mikroverfilmungen und die
Einspeicherung und Verarbeitung in elektronischen Systemen.

ISBN 978-3-89796-263-7

Mittwoch

Ludwig Furtwängler wusste, dass er es nicht mehr schaffen würde. Er wackelte auf seinen dünnen Beinen das Sauertal hinunter. Vorsichtig setzte er Fuß vor Fuß. Schritt, Schritt, tack. Linker Fuß, rechter Fuß, dann der Rollator. Das innere Drängen war mächtig, aber er zwang sich zur Bedachtsamkeit. Auf dieser steilen Strecke, die ehemals die Hauptverkehrsader ins Montabaurer Stadtzentrum war, wäre ein Sturz fatal. Das wusste er. Und dennoch: Seine Prostata tat zwar ihr Bestes, aber der Harndrang war einfach zu groß.
Dabei hatte er nur noch wenige hundert Meter bis zu seiner Wohnung in der Sommerwiese zu gehen. Aber das würde er nicht mehr schaffen. Am Fuß des Steilstücks hielt er an, schaute sich nach weiteren Passanten um und machte zwei, drei Schritte auf die Böschung zu. Zwanzig Meter über ihm ragte die alte Stadtmauer aus dem Felsen auf, der die Altstadt von der Vorstadt trennte. Halb versteckt hinter einer Plakatwand, die sich vor allem an die jungen Hörer des lokalen Radiosenders wandte, öffnete er mit fliegenden Händen seinen Hosenschlitz, kramte, fand endlich und ließ laufen. Die körperwarme Flüssigkeit lief ihm über die Hände. Dann fasste er nach und der Strahl ergoss sich im hohen Bogen ins Gestrüpp.
Oder vielmehr auf etwas, das hinter der Plakatwand halb im Gestrüpp verborgen lag. Der alte Mann erkannte eine Hose, in der noch Beine steckten, dann den ganzen Mann, der kopfüber in der Böschung hing. Ludwig Furtwängler konnte nicht anders. Auch wenn ihm der Schreck in die Hose fuhr, verlangte die Blase ihr Recht, sich nun vollends zu entleeren.

Dann – endlich – hatte er einen Blick für den Mann, der da direkt vor ihm eingeklemmt zwischen Ästen und dem Stadtfelsen hing. Reglos und offensichtlich leblos.
Ludwig Furtwängler griff nach seinem Handy, das er in einer Art Brustbeutel um den Hals gehängt mit sich führte, und drückte den großen, roten Notfallknopf. Seine Enkelin hatte ihm das Mobiltelefon samt Umhängetasche geschenkt und ihm genau erklärt, dass dieser Knopf nur dann seiner Sicherheit dienen konnte, wenn er das Gerät auch immer bei sich trug. Das Handy mit extra großen Tasten war ein Kompromiss: Stur und starrköpfig hatte er darauf bestanden, weiter in seiner Wohnung in der Sommerwiese zu bleiben. Auch als er sich nicht mehr ohne Gehhilfe bewegen konnte, wollte er diese letzte Rückzugsstätte nicht aufgeben. Nicht für einen Platz im betreuten Wohnen und schon gar nicht bei seinen Enkelkindern. Das wollte seine Enkelin allerdings auch nicht. Deshalb hatte sie ihm das Handy mit dem großen roten Knopf geschenkt.
Und jetzt betätigte er ihn tatsächlich zum ersten Mal – und wie erwartet meldete sich die zentrale Leitstelle und forderte ihn auf, seinen Namen und seine gegenwärtige Position zu nennen. „Es geht doch gar nicht um mich", sagte er. „Hier liegt einer."
Aber die Stimme in der Notrufzentrale blieb unerbittlich: „Bitte nennen Sie zunächst Ihren Namen und Ihre gegenwärtige Position."
„Ich stehe", antwortete Ludwig Furtwängler, „aber dieser Mensch hier, der liegt." Dann fasste er sich. „Mein Name ist Ludwig Furtwängler und ich befinde mich am unteren Ende der Sauertalstraße. In Montabaur", fügte er noch hinzu.
„Und was möchten Sie melden?"

„Hier liegt einer. Vielleicht verletzt, vielleicht tot. – Also eigentlich hängt er mehr als dass er liegt."
„Verstanden!", sagte die Stimme. „Das San-Car ist unterwegs."
„Das was?", fragte der Alte und erhielt Auskunft durch das Handy: „Die Rettungssanitäter rücken schon aus."
„Aber das ist doch gleich hier um die Ecke", sagte er noch. „Die sind zu Fuß doch schneller als mit dem Auto."
„Bitte bleiben Sie ganz ruhig", sagte die Stimme nur und der Anrufer blieb weisungsgemäß ganz ruhig. Er atmete nur in sein Notfall-Handy hinein, während er in kaum hundert Metern Luftlinie das Martinshorn des Rettungswagens aufheulen hörte. Von der Brüstung aus konnte der Alte sehen, wie sich der Wagen über die Eichwiese hinweg bewegte, dann hielt er an der Einfahrt zur Alleestraße kurz, um sich in den Verkehr einzufädeln, rauschte an der Häuserreihe bis zur Abfahrt Gelbachtal entlang und tauchte schließlich hinter dem Neubau des Berufsinformationszentrums wieder auf.
Dann hielt der Wagen vor der Absperrung, die das steile Sauertal zu einer Fußgängerzone machte.
„Diesmal seid ihr ja wirklich schnell – aber ich glaube, ihr kommt trotzdem zu spät", rief Ludwig Furtwängler dem heranstürmenden Sanitäter entgegen, der mit dem Notfallköfferchen in der linken Hand aus der Beifahrertür gesprungen kam. Er wies hinter die Plakatwand und beugte sich dann vor, um besser sehen zu können, wie der Rettungssanitäter den Mann untersuchte. Nur wenige Handgriffe waren nötig, um Gewissheit zu erlangen: Der Mann war tot. Seine Leiche hatte sich fest zwischen Astwerk und Felsen verkeilt. So musste er schon länger gehangen haben.

Der Sanitäter – der Alte erkannte jetzt in ihm den Sohn seines eigenen Hausarztes – richtete sich auf und wandte sich an den Fahrer. „Wir brauchen die Feuerwehr für die Bergung der Leiche und natürlich die Polizei."

Und wenige Minuten später wiederholte sich das Hörspiel einer Sirene, die sich von der Eichwiese unterhalb des Sauertals einmal im Kreis um die Häuserzeile an der Alleestraße bis zur Wirzenborner Straße bewegte. Der Rettungswagen hatte längst Platz gemacht, als der rote Einsatzwagen der Feuerwehr mit ersterbender Sirene anhielt und die Männer ausspuckte. Der Einsatzleiter hob die Hand und rief seinen Leuten zu: „Wir warten noch, bis die Polizei da ist. Nichts anfassen, nichts verändern. Das ist möglicherweise ein Tatort."

„Oder nur der Fundort", murmelte der Sanitäter. Dem Alten fiel jetzt auch wieder der Name des Arztsohnes ein: „Sie sind doch Kim", sagte er, als er sich an dessen Arm zur nächstgelegenen Parkbank führen ließ. „Der Sohn von Dr. Cord."

Der nickte nur, parkte den Rollator neben der Bank, ging zum Wagen und kehrte mit einer Sanitätsdecke zurück. Er legte sie dem Alten über die Schulter. „Übrigens", sagte er. „Ihr Hosenstall steht offen."

Da näherte sich auch schon der Polizeiwagen – diesmal aus entgegengesetzter Richtung, aus dem Gelbachtal. Dahinter folgte der Notarzt vom Krankenhaus. „Den hab' ich gleich mitgebracht", sagte Kriminalhauptkommissar Torsten Weidenfeller zu den Umstehenden. „Ich hab' verstanden, dass hier nur noch der Tod und die Todesursache festzustellen sind." Und nach einem weiteren Blick in die Runde: „Na, dann wollen wir mal" verschwand er hinter der Plakatwand. Der Notarzt folgte nach einem kurzen Umweg über die Parkbank, auf der Ludwig Furtwängler saß.

„Haben Sie den Toten gefunden?", fragte er und erst dann erkannten sich Notarzt und Sanitäter, Vater und Sohn nickten einander aber nur flüchtig zu.
„Haben Sie etwas verändert?"
„Ich musste mal austreten, Herr Dr. Cord", antwortete der Alte. „Aber ich habe nichts angefasst."
Dr. Achim Cord nickte und wandte sich schließlich der Plakatwand zu. Der Kriminalhauptkommissar kniete bereits vor der dahinter eingeklemmten Leiche – auf einem sehr feuchten Grasbüschel, wie sich an den dunklen Knien zeigte, als er sich nun erhob. „Den hat's glatt aufgespießt", sagte er und wandte sich an den Notarzt. „Hier, sehen Sie mal – der Ast hat sich in die Hüfte gebohrt."
Der Arzt rückte nun näher heran, peinlich darauf bedacht, nicht ebenfalls in der Urinlache zu knien. Er betastete den Toten, öffnete schließlich Jacke und Hemd, fuhr mit der Hand die Schürfwunden nach, die sich auf Bauch, Brust und Schultern abzeichneten und schüttelte den Kopf. Dann wandte er sich an den Polizisten. „Das könnte die Todesursache sein, wenn er nicht schon vorher tot war."
„Wollen Sie damit sagen …"
„Ich will noch gar nichts sagen – außer: Der ist von da oben runtergekommen. Ob er gesprungen oder gestürzt ist oder gestoßen wurde, können wir so schnell nicht erkennen. Und ob er schon tot war oder nur verletzt oder noch nicht einmal verletzt, kann ich auch nicht so einfach sagen." Dann schaute er wieder auf die Leiche, untersuchte das Gebüsch und die Mauer, verfolgte den möglichen Weg des Opfers aus zwanzig, dreißig Metern Höhe und sagte schließlich, mehr zu sich selbst: „Wenn er hier an dieser Wunde verblutet ist, müsste eigentlich mehr Blut zu sehen sein …"

„Also können wir eine Gewalttat nicht ausschließen", sagte Torsten Weidenfeller und zuckte mit den Schultern. „Schöner Mist. – Das ganze Paket: Kriminaltechnik, Gerichtsmedizin, Zeugensuche …"

„Würde ich schon empfehlen", antwortete Dr. Achim Cord. „Machen Sie mal ein paar Fotos, damit die Feuerwehr den Toten da rausholen kann." Er griff noch einmal in die Jackentaschen des Toten, dann befühlte er die Hose, griff auch unter die Leiche. Dort war alles feucht. Er hütete sich, die Leiche weiter anzuheben und damit die Lage zu verändern. Aber auf dem Rücken ertastete er zwei weitere Wunden. Das sagte er dem Kriminalhauptkommissar. „Ansonsten kein Hinweis auf eine Brieftasche oder so was. Aber das ist euer Job. Ich schreibe mal den vorläufigen Todesschein. Über die tatsächliche Todesursache können wir uns ja dann noch einigen – entweder sind es die Wunden im Rücken oder in der Hüfte, die sein Ableben verursacht haben."

Der Kriminalhauptkommissar nickte und wies seinen Kollegen, der den Wagen gefahren hatte, an, den Tatort zu fotografieren. Der machte sich sogleich ans Werk. „Am besten legen wir noch ein Maßband daneben", sagte Weidenfeller.

„Danach sollten Sie sich vielleicht auch mal oben umgucken", meinte der Notarzt. Und als ihn der Kriminalhauptkommissar fragend anschaute, ergänzte er: „Na, der ist doch von oben gekommen. Vielleicht interessiert uns ja, von wo."

Weidenfeller nickte erneut und wandte sich ab. Er ging zu Fuß den Weg das Sauertal hoch, dann in die Judengasse, bis er – knapp fünf Minuten später – oberhalb der Fundstelle wieder auftauchte.

„Hier ist der Parkplatz – fünf Fahrzeuge, aber weiter ist nichts zu sehen", rief er hinunter. Dann wandte er sich wieder

ab und inspizierte erst die Mauer, die zwar leicht zu erklettern war, aber zusätzlich durch einen Gitterzaun erhöht worden war. Er folgte der Mauer fünf, sechs Schritte, bis er vor dem Türmchen stand, das in die Mauer eingelassen aus dem Felsen emporwuchs und die Mauerkuppe krönte. Die Tür war ordnungsgemäß abgeschlossen. Im Innern lagerten Baumaterialien, die der Bauhof bei den regelmäßigen Ausbesserungsarbeiten an der brüchigen Stadtmauer gleich an Ort und Stelle gelassen hatte.
„Hier sollte man auch absperren, bis die KTU kommt", murmelte der Kriminalhauptkommissar und rief nach unten: „Kann mal einer mit Polizeiband hochkommen?"
Der Uniformierte war gerade damit beschäftigt, den unteren Fundort abzusperren. Inzwischen hatte sich dort eine mächtige Traube Schaulustiger angesammelt, die mit gereckten Hälsen versuchten, einen Blick hinter die Plakatwand zu werfen. Und auch oben hatten sich schon Gaffer auf dem Parkplatz versammelt, die nun schrittweise näher rückten. Einige standen bereits auf der Stadtmauer, hielten sich am Gitter fest, um von oben den Überblick über beide Einsatzorte zu haben. Torsten Weidenfeller holte sein Handy heraus und meldete sich bei seinen Kollegen in der Koblenzer Straße. „Schickt mal sofort zwei Einsatzwagen her", bellte er. „Einen brauche ich hier oben am Parkplatz Judengasse, den anderen am Kleinen Markt, die sollen das Sauertal absperren. Und schickt endlich die Kriminaltechnik – sonst kommen wir hier nicht voran."
Er drehte sich um und wandte sich an die Umstehenden: „Das ist hier alles Einsatzbereich der Polizei, meine Herrschaften." Dann nahm er ein Stück Kreide – hatte man ja zur Markierung von Verkehrsunfällen immer dabei – und zog

einen Halbkreis um das Türmchen. „Runter von der Mauer und hinter diese Linie zurücktreten. Und wer sich noch mal vorwagt, bekommt eine Anzeige wegen Behinderung der Polizeiarbeit, ist das klar?"
Der Effekt der Maßnahme war besser als erwartet: Weil keiner der nun hinter der Linie Stehenden auch nur das Allerunspektakulärste mitbekommen konnte, verlief sich der Auflauf. Die einen hasteten die Judengasse entlang, um ins Sauertal zu gelangen, bevor dort die Absperrung errichtet war. Andere zogen sich durch die kleine Gasse zur Kirchstraße zurück, wo sie die Ersten waren, die die Nachricht verbreiten konnten. Und ein kleiner Trupp ging einfach gegenüber in die Kneipe. „Dart Vader" hieß sie, bestand aus kaum mehr als einem Tisch für alle, einer Theke und einer Ecke für das Dart-Spiel. In weniger als fünf Minuten war der Gastraum jetzt überfüllt. Man hätte zum Pfeilwerfen nicht einmal mehr ausholen können. Irgendjemand bestellte eine Runde „Bier für alle", die von der Theke aus an das gute Dutzend Gäste durchgereicht wurde, bis jeder versorgt war. Torsten Weidenfeller dachte einen Moment darüber nach, seinen Einsatzort ebenfalls zu verlassen und die Gelegenheit zu nutzen, hier in der kleinen Kneipe in gemütlicher Runde gleich mit der Zeugenbefragung zu beginnen. Aber er musste sich eingestehen, dass die Chance, einer der Umstehenden könnte tatsächlich etwas zum Hergang erzählen, mehr als gering war. Er hörte, wie sie über das Geschehene redeten, ihre Beobachtungen ergänzten und Mutmaßungen anstellten. Aber polizeilich Verwertbares dürfte dabei wohl kaum herauskommen. So beugte sich der Kriminalhauptkommissar noch einmal über die Mauer. Er schätzte den möglichen Fallweg ab, den das Opfer genommen haben

mochte, machte ein paar Fotos und beobachtete, wie die Feuerwehrleute unten damit begannen, die Leiche zu bergen. Endlich kam die Verstärkung, und er machte sich auf den Weg zurück ins Sauertal.

Unten angekommen, sah er sich der nächsten Menschenansammlung gegenüber. Mit Rufen wie „Hier gibt es nix zu sehen" und „Kinder, datt hilft doch nix" verschaffte er sich Platz und Respekt. Tatsächlich aber gab es eine ganze Menge zu sehen: Der Tote wurde von drei Feuerwehrleuten aus dem Gebüsch gehoben. Ein Arm rutschte herunter und schwenkte, als grüße er in die Menge. Erst dann kam Kim Cord mit einem weißen Tuch und versperrte der Menge die Sicht auf das Geschehen. Der Kriminalhauptkommissar hatte sich noch nicht bis zum Notarztwagen vorgearbeitet, zu dem der Leichnam jetzt auf einer Bahre geschoben wurde, als er aus der Menge hinter sich flüstern hörte: „War datt nich der Hannes?" und sofort die Antwort: „Wie, der Hannes?"

Dann ging es wie ein Raunen durch die Menge.

„Das ist der Hans Steinhöfel." – „Steinhöfels Hannes." – „Datt war wahrhaftig der Hans Steinhöfel". Und Torsten Weidenfeller lüftete noch einmal das Leichentuch, schaute in das Gesicht des Toten und dachte: „Den hab ich erst gar nicht erkannt – aber er ist es tatsächlich!" Dann wandte er sich an Dr. Cord: „Bei dem Toten handelt es sich aller Wahrscheinlichkeit nach um einen gewissen Hans Steinhöfel aus der Sommerwiese."

„Steht auch schon so auf dem Totenschein", gab der zurück. „Wer den nicht kennt, ist nicht aus Montabaur, Herr Kommissar." Dr. Achim Cord schlug noch einmal das Leichentuch zurück und hob die Leiche leicht an. Er zeigte auf die Wunden am Rücken. „Schauen Sie hier. Die sehen gefährlich aus. Das wären meine Favoriten für die Todesursache." Er ließ die Leiche los, breitete das Leichentuch wieder sorgsam aus, klappte seinen Arztkoffer zusammen und machte sich für die Abfahrt bereit. „Hans Steinhöfel kam in letzter Zeit öfter in meine Praxis. Klagte über Schlafstörungen und Angstzustände." Dann legte er den Zeigefinger an den Mund: „Sie wissen schon, der Rest ist Schweigen."

Als Sanitätswagen und Notarzt verschwunden waren, machten sich die Kollegen von der Kriminaltechnik am Fundort breit. Der Polizeimeister hatte es inzwischen fertiggebracht, den Einsatzort so weit abzuriegeln, dass die Schaulustigen schon zwanzig Meter vor der Plakatwand zu einer Treppe umgeleitet wurden, die neben der Feuerwehrleitstelle direkt auf die Eichwiese führte. Auch von der Talseite konnte man sich dem abgeriegelten Areal nur noch bis auf zehn Meter nähern. Nur noch eingefleischte Hobby-Kriminologen harrten aus, um den Männern und Frauen in ihren weißen Overalls dabei zuzuschauen, wie sie mit der Pinzette kleine Bröckchen aus dem Gestrüpp holten, weitere Fotos schossen und mithilfe einer Leiter in den Hang unter der Mauer kletterten. Außerdem nahmen sie mit Wattestäbchen, Pipette und Röhrchen Proben von der Feuchtigkeit, die sich unterhalb der Leiche ausgebreitet hatte.

Torsten Weidenfeller erinnerte sich daran, dass es Zeit wurde, das Polizeipräsidium in Koblenz zu informieren. Und von dort natürlich die Staatsanwaltschaft. Das Erste Kommissariat in der Kriminalinspektion Montabaur, das er leitete, war zwar unter anderem zuständig für Todesermittlungen, aber die landeten selten – vielleicht einmal pro Jahr – auf seinem Schreibtisch. Sein Fach waren Sexualdelikte, Vermisstenfälle und Gewaltverbrechen gegen Frauen und Kinder. Bei Mord und Totschlag war es üblich, Hilfe aus Koblenz anzufordern. Allerdings dachte sich Torsten Weidenfeller das Wort Hilfe immer in Anführungsstrichen: „Hilfe" – mit leicht ironischem Unterton.

Zuletzt hatte sich Koblenz eingeschaltet, als ein vermögender Autohändler in seinem Anwesen niedergeschossen worden war. Aber das hatte sich schnell als ein Fall entpuppt, der internationale Verwicklungen nach sich zog. Bis nach Monte Carlo hatten damals die Ermittlungen geführt und sich über mehrere Monate hingezogen. Jetzt, mit dem Toten aus dem östlichsten Stadtteil der Stadt Montabaur, waren solche Ausweitungen nicht zu erwarten. Und dann waren doch wohl vor allem Gespür und Kenntnisse für die Örtlichkeiten hier in Montabaur gefragt.

Wie beispielsweise sollte jemand aus Koblenz einem echten Montabäirer Bouh bei den Ermittlungen helfen, wenn nur dieser die Leiche allein vom Ansehen schon als Hans Steinhöfel identifizieren konnte? „Wo bess dau dänn gebäddisch", war doch eine der ersten Fragen, wenn man sich an der Theke im Gereon oder am Bierpavillon auf dem Schustermarkt einander vorstellte. Da war ein echt Montabäirer Bouh jedem Zugereisten überlegen. Und es wäre ja gelacht, wenn eine schnelle Identifikation, wie sie mit dem Opfer möglich war, nicht auch mit dem Täter passieren konnte. „Oder den Tätern", korrigierte sich Torsten Weidenfeller. „Immer ergebnisoffen ermitteln", ermahnte er sich. Und dann dachte er: „Oder die Täterin."

Das murmelte er noch vor sich hin, als er Bertram Buck in der Leitung hörte. „Kriminaldirektor Buck, was gibt's?", meldete sich der und hörte sich schweigend den telefonischen

Bericht an: vom Fundort, der wahrscheinlich nicht der Tatort war. Von den Verletzungen, die sich Hans Steinhöfel vor oder beim Sturz von der Stadtmauer zugezogen haben musste. „Um das zu klären, schlage ich eine Obduktion vor", schloss der Kollege aus Montabaur. Und als sich schließlich vom anderen Ende der Leitung nichts hören ließ, rief er: „Bertram? Bist du noch da?"
Der Kriminaldirektor war noch da und räusperte sich nun auch vernehmlich. Dann hörte man Tastengeklapper. „Ich mache mich gerade mit den Örtlichkeiten vertraut", sagte er dann. „Google Earth ist zwar nicht aktuell, dürfte aber für meine Zwecke reichen." Dann wieder Stille.
„Sag mal, Torsten", meldete er sich nach einer privaten Schweigeminute. „Du sprichst von dem Parkplatz an der Judengasse? Ich sehe ihn vor mir."
Der Angesprochene nickte, dann fiel ihm ein, dass der Kollege das nicht sehen konnte. „Ja, der Felsen dürfte da rund zwanzig Meter hoch sein, vielleicht mehr. Da kann man sich schon mal das Genick brechen."
„Merkwürdiger Zufall – da hab ich doch noch am Montag geparkt, als ich deinen Vater besucht habe." Josef Weidenfeller war bis zu seiner Pensionierung bei der Bundespolizei gewesen. Dass sein Sohn, Torsten, ebenfalls die Polizeilaufbahn eingeschlagen hatte und nun in Montabaur Dienst tat, war seine ganze Freude. Und Kriminaldirektor Bertram Buck hatte diese Karriere nach Kräften befördert – bis heute. Er hatte den Alten am Sonntag in der Seniorenresidenz besucht und anschließend in seinem Wohnmobil übernachtet. Nicht ganz legal, denn das Frei-Campen war in den Stadtgebieten nur auf ausgewiesenen Plätzen erlaubt. Und dazu gehörte der Parkplatz an der Judengasse ganz gewiss nicht. Aber er bot eine wunderbare Aussicht.

Jetzt konzentrierte er sich wieder auf den Fall. „Da sind doch Anwohner. Die müssen doch was gehört haben. So ein Zwanzig-Meter-Sturz durchs Gebüsch, brechende Äste, vielleicht ein Todesschrei. Habt ihr die schon befragt?"
„Läuft", flunkerte der Kriminalhauptkommissar und notierte sich: „Anwohner befragen."
„Und die Spurensicherung erfolgt oben an der Mauer und unten am Fundort? Und was ist mit dem Hang selbst?"
Torsten Weidenfeller beschrieb die Stadtmauer am Sauertal: Steil gehe die Straße an der Stadtmauer zur Innenstadt hoch, die auf einer Anhöhe liegt. Der Fundort sei bereits am unteren Ende der Hangstraße. Gleichzeitig sei die Mauer oben an der Judengasse gut und gerne einen Meter hoch – mit Zaun noch einen Meter höher. Dann kämen locker zwanzig Meter mit Gebüsch bewachsenem Fels. „Da ist nur schwer reinzukommen. – Wir haben bisher nur nach Astbruch Ausschau gehalten. Von unten sind die Leute jetzt mit Leitern im Hang. Da hilft die Feuerwehr."
„Okay", gab der andere zurück. „Ich informiere Staatsanwalt Zwanziger und melde mich dann wieder bei dir."
Das Gespräch schien beendet zu sein, aber dann sagte Buck noch: „Wie viele Leute arbeiten an dem Mauerfall?" Und als Weidenfeller sich selbst und zwei Polizeimeister benannte, brummte er: „Wir sehen zu, wen wir euch zur Unterstützung schicken können." Dann legte er auf.
Der Kriminalhauptkommissar geriet ins Grübeln. Er befand sich in einem Dilemma: Sein Notizzettel war bereits voller Aufgaben, die zügig erledigt werden mussten. Dafür hatte er zu wenig Leute. Aber Hilfe aus Koblenz wollte er auch nicht. „Habt ihr was gefunden?", fragte er den Einsatzleiter der Feuerwehr, der in seiner schweren Montur auf ihn zu

gestiefelt kam. Der hielt ein Portemonnaie hoch. „Das muss beim Sturz aus der Tasche gefallen sein."
Der Feuerwehrmann trug Handschuhe, der Polizist nicht. Deshalb bedeutete Torsten Weidenfeller dem anderen, die Börse zu öffnen. „Haben wir schon gemacht", sagte der. „Es ist tatsächlich Hans Steinhöfel, das beweisen der Ausweis und ein paar Visitenkarten. Ansonsten Geld und ein Quittungsblock mit drei ausgefüllten Durchschlägen." Mit diesen Worten ließ er die Geldbörse in den aufgehaltenen Asservatenbeutel fallen. Dann zuckte er mit den Schultern. „Wir machen jetzt Schluss."
Würde ich auch gern, dachte Torsten Weidenfeller. Aber inzwischen hatte er erfahren, dass Hans Steinhöfel zwar unverheiratet und kinderlos war, aber noch eine Schwester in Bladernheim hatte. Da würde er jetzt wohl hinfahren müssen …

Donnerstag

Das Café Görg befand sich im Schatten von St. Peter in Ketten an der zur Fußgängerzone umgebauten Kirchstraße. Nur wenige Montabaurer Urgesteine konnten sich noch daran erinnern, wie sich der Durchgangsverkehr aus Richtung Limburg kommend das steile Sauertal hochgequält hatte und dann durch die Kirchstraße zur Koblenzer Straße zog. Damals war nicht daran zu denken, Sitzmöbel vor das Café oder die Eisdiele zu stellen – selbst für einen Kinderwagen boten die engen Bürgersteige kaum Platz. Und das Geld saß in Montabaur ohnehin nicht so locker – man war halt „jett mauh". Aber sonntags herrschte damals wie heute ein reger Austausch zwischen Kirche und Café. Erst die Heilige Kommunion in St. Peter, dann eine Palette Nachmittagskuchen aus dem Café Görg. Oder gleich ein Sahnetörtchen mit Kännchen Kaffee an den wenigen achteckigen Tischchen, die entlang der Kuchentheke und im schummrigen Hinterzimmer des Cafés angeordnet waren.

Die Einrichtung hatte sich nur wenig geändert in den drei bis vier Jahrzehnten, seit das Café Görg nicht mehr an einer Hauptverkehrsader, dafür aber mitten in der pittoresken Fußgängerzone gelegen war. Die Polster waren einmal, vielleicht zweimal erneuert worden. Energiesparlampen hatten – eher zwangsweise – die alte Deckenbeleuchtung abgelöst. Die neueste Anschaffung war ein Kaffeeautomat, mit dessen Hilfe jetzt all die Sonderwünsche erfüllt werden konnten, mit denen die Italienfahrer von ihren Urlaubsreisen zurückkamen. Die saßen nach der Schule, zur Mittagspause oder nach Büroschluss gern im schummrigen Licht des Cafés – den Blick auf das schmucke Fachwerkhaus gegenüber gerichtet, das einmal dem Freiherrn von Stein gehört haben soll.

Vormittags freilich gehörte das Café den älteren Herrschaften, den Urgesteinen aus Montabaur und Umgebung, denen die wenigen Veränderungen im Café Görg schon zu viel waren. Denn nach dem wöchentlichen Waschen und Legen in einem der gut ein Dutzend Friseurgeschäfte des Zentrums gab es ein zweites Frühstück in vertrauter Umgebung. Ein ordentliches Kännchen Kaffee mit einem Croissant – denn die Busse nach Bladernheim, Oberahr oder Niederelbert würden erst in einer knappen Stunde wieder von der Haltestelle am Konrad-Adenauer-Platz abfahren – zehn Minuten zu gehen, wenn man nicht mehr allzu gut zu Fuß war. Fünf Minuten, wenn man es war.

Gerlinde Bloch betrachtete das Kommen und Gehen von ihrem Stammplatz in der hintersten Ecke des Cafés, wo durch eine Milchglasscheibe trübes Licht aus dem Hinterhof diffuse Schatten produzierte. Vor ihr stand – wie jeden Morgen – ein Milchkaffee, aber extra stark, mit Sahne – und ein Gläschen Cognac, in dem ein rohes Eigelb schwamm. Das würde sie zu gegebener Zeit anstechen, so dass sich der gelbe Eidotter auflöste und eine heilsame Verbindung mit dem Alkohol im Glas eingehen würde.

Aber jetzt war die Zeit noch nicht gegeben, denn Gerlinde Bloch hielt ihrem Tischnachbarn die Ausgabe der *Westerwälder Zeitung* hin. Aufgeschlagen war der Lokalteil und über sechs Spalten prangte das Bild vom unteren Sauertal. Darunter lautete die Überschrift: „Mann stürzt in den Tod".

„Dä Steinhöfel Hannes is awwa aane aame Bouh – ers aawehdslos, dann doot, dää Bommeland", sagte sie und tippte mit dem dreifach beringten Zeigefinger der rechten Hand auf das Bild.

„Nichts da, arbeitslos und Bummelant", sagte der Angesprochene. „Der Hans wusste sehr wohl, wie man schwarz zu Geld kommt", sagte er. Willi Streller hatte vor Jahren sein Taxiunternehmen an seinen Sohn Stefan übergeben. Zuvor hatte er vier Jahrzehnte lang die Montabaurer, die es sich leisten konnten, mit dem Taxi aus den umliegenden Ortschaften abgeholt, wenn dort Kirmes war und die Würstchen sich nicht mehr länger mit den Bieren vertrugen. Dann vertrugen sich auch schnell die Menschen nicht mehr und mussten getrennt werden. Deshalb war er ein idealer Gesprächspartner, wenn es darum ging, über die Leute aus dem Ort zu tratschen. Er kannte jeden, wusste, wer wo schon mal mit wem gesehen worden war und Geschäfte machte. Und Hans Steinhöfels geheime Einnahmequellen waren ihm bestens vertraut. Eine davon bereitete ihm – oder vielmehr seinem Sohn Stefan – richtige Probleme: Steinhöfel hatte Fahrgäste mit seinem Privatwagen herumkutschiert. Nach Frankfurt oder Köln zum Flughafen. Oder nach Koblenz zum Bahnhof – aber dieser Teil des Geschäfts war eingebrochen, seit die ICE-Schnellbahnstrecke einen Haltepunkt in Montabaur hatte.

Das alles erklärte Streller Gerlinde Bloch, die ein wenig darüber verärgert war, dass sie nicht so gut informiert war wie ihr Gegenüber. Dieser nahm jetzt die Zeitung hoch und hob seine Brille an, um den Artikel zu studieren. „Die Polizei schließt ein Gewaltverbrechen nicht aus", las er vor. Dann buchstabierte er weiter. Lange brauchte er dafür. Aber dann sagte er schließlich: „Sie schreiben, es gibt wieder eine Sonderkommission bei der Kripo. Da haben wir aber auch langsam Übung drin."

„Ja, esch weiß", antwortete Gerlinde Bloch. „En jung Maadsche von Kowelenz. Die ist grad frisch von der Schul weg. Der Josef sagt, der Torsten sagt, jetzt müsse er auch noch Babysitter spielen. Als wenn dem Steinhöfel Hannes sein Doot net ärschalisch jenooch wär. – So en Affedeaader", schimpfte sie stellvertretend für den Kriminalhauptkommissar. „Dooraus wead nix."

„Der Josef" war Josef Weidenfeller und ihr Zimmernachbar in der Seniorenresidenz, die auf dem ehemaligen Gelände der Kreissparkasse hinter St. Peter in Ketten errichtet worden war. Und Torsten Weidenfeller, sein Sohn, kam einmal am Tag mit dem Dienstwagen vorbei, um seinen Vater mit dem Nötigsten zu versorgen – Zigaretten, Bier, Dauerwurst und natürlich mit den jüngsten polizeilichen Ermittlungen. Nichts Besonderes, aber immerhin: Einbrüche, Körperverletzung, Verkehrsunfälle. Damit waren beide, Vater und Sohn, beste Quellen, um den ewigen Hunger der alten Dame nach Klatsch und Tratsch zu stillen. Und was am wichtigsten war: Sie hatte die neuesten Nachrichten aus der Verbandsgemeinde meistens exklusiv – wenn auch nicht lange. Denn ihr Mitteilungsbedürfnis war ebenso ausgeprägt wie ihre Neugierde. Und das Café Görg war ihre erste Adresse, um diese Nachrichten schnell und effektiv zu verbreiten – wenn auch vorerst nur an Willi Streller.

Gerlinde Bloch hatte ihr historisches Anwesen in der Kirchstraße verkauft und lebte nun von dem Erlös. Ihr Leben spielte sich nun nur noch zwischen diesen beiden Lebenspunkten ab – die Seniorenresidenz hinter der Pfarrkirche und das Café Görg davor. Dazwischen lag alles, was ihr altes Herz begehrte. Das Hotel Schlecker, die Metzgerei Post, der Bäcker Feingraf und der Apotheker Hürtgen. Und nun gehörte auch noch der Tatort oder zumindest der Parkplatz an der Judengasse, von dem aus Hans Steinhöfel in den Tod gestürzt war, zu „ihrer Gemeen", zu „ihrem Gebied".

Sie beschloss, gleich einen kleinen Umweg über das „Schusterählchen" zur Judengasse zu machen, um sich die Stadtmauer und den Fundort von oben anzuschauen. Beschwingt durch den Cognac und die neuesten Hintergrundinformationen über Hans Steinhöfel schlenderte sie über den Parkplatz, lief die weiße Kreidemarkierung ab, die Torsten Weidenfeller um den Einsatzort gezogen hatte und beugte sich über die Mauer. Sehen konnte man nicht viel. Der Zaun verhinderte, dass man sich weit über die Mauer lehnen konnte. Und der Felsen war dicht mit Buschwerk bedeckt, lauter schnell wachsendes Kroppzeug wie Pappeln, Birken und Ginster. Aber wenn man wollte, konnte man sich den Weg vorstellen, den Hans Steinhöfel genommen hatte, als er von der Stadtmauer hinter die Werbewand an der Sauertalstraße gestürzt war.

„Dadd ess ja dä rainsde Wahnsenn", sagte sie vor sich hin. „Da muss man sich ja enne Knaggs holle." Aber dass der Körper nicht früher von dem Geäst aufgehalten worden war, wunderte sie nun doch. Und wie war „dä aame Bouh" überhaupt da runtergestürzt? Erst auf die Mauer, dann über den Zaun und dann? Gesprungen oder gestürzt? Wäre er einfach nur gestürzt, überlegte die alte Frau, würde man doch wohl gleich bei den obersten Ästen Abbrüche erkennen. Da aber war nichts zu erkennen. Und weiter unten war die Sicht durch das obere Gebüsch versperrt.

Man müsste, dachte sie, mit so einem modernen Dings hier vorbeischauen. Wie hießen diese Flugmaschinen doch gleich? Sie fragte sich, ob ihr Neffe sich nicht schon längst so ein Spielzeug angeschafft hatte. Der hatte doch alles, womit man seine Zeit verplempern konnte. Drohne! Jetzt fiel ihr auch das Wort wieder ein. Nicht so ein Riesending, wie sie es im Krieg einsetzen. Sondern eines von diesen kleinen Geräten, die einem ins Fenster schauen konnten. Ja, schauen. Konnte man mit diesen Drohnen tatsächlich filmen? Ihr Neffe Godehard würde das wissen. „Onkel Doktor von der Reichswehr", sagte sie immer, wenn sie über ihn sprach.

Oberstabsarzt Dr. Godehard Bloch hatte die Orthopädische Abteilung am Bundeswehrzentralkrankenhaus in Koblenz unter sich. Der Junggeselle hatte keine eigene Familie, aber wenigstens so viel Familiensinn, dass er seine alte Tante in Montabaur oft genug besuchte.

In die Seniorenresidenz zurückgekehrt, rief sie ihren Lieblingsneffen gleich an. „Ich wollte dir eine Drohne schenken, wenn du noch keine hast", sagte sie unvermittelt, als sie den Bundeswehrarzt aus seiner Praxis ans Telefon geholt hatte. „Zu Weihnachten – aus dem Internet. Reichen hundert Euro?" Godehard Bloch war zu verblüfft, um seiner Tante diese verrückte Idee auszureden.

Dann klopfte sie bei Josef Weidenfeller, ihrem Zimmernachbarn. „Mach den Apperaad an, Jupp – isch geh online." Einige Fehlversuche später, und nachdem sie sich gegenseitig mehrfach die Maus aus der Hand gerissen hatten, um die Führung zu übernehmen, hatten die beiden es geschafft: Ein HR4-755X Quadrocopter würde heute noch als Geschenk verpackt und an Dr. Godehard Blochs Privatadresse in Koblenz-Weißenthurm versendet werden. Schon morgen sollte er da sein. Sie hatten sogar eine Grußkarte dazu in Auftrag gegeben: „Üb schön, Junge", hieß es darin.

Und: „Frohe Weihnachten – auch wenn erst Oktober ist, man weiß ja nie, wie einem wird. Deine Tante."

Dann ließ sich Gerlinde Bloch in dem tiefen, etwas durchgesessenen Ohrensessel nieder, der so ziemlich das Einzige war, das Josef Weidenfeller aus seiner alten Wohnung mitgenommen hatte. Den Rest nutzte oder verramschte sein Sohn Torsten jetzt. Von dort aus genoss es die alte Dame, ihrem Zimmernachbarn nach und nach alles Neue über den Fall Hans Steinhöfel aufzutischen. Ob er wusste, dass der Tote zwar arbeitslos war, aber nicht ohne Arbeit? Ob der Herr Kriminalhauptkommissar Torsten Weidenfeller schon Näheres über die Todesursache wusste? Dass nach ihrer, Gerlinde Blochs Meinung der Steinhöfel Hannes gesprungen sein musste, weil sich sonst schon im oberen Bereich des Buschwerks abgebrochene Äste befunden haben müssten.
All das würde Josef Weidenfeller noch brühwarm seinem Sohn erzählen. Und dann würde er fragen, ob der Leiter des Ersten Kommissariats in der Polizeidirektion Montabaur schon seine neue Kollegin kennengelernt hatte. Die Sonderkommission war zu diesem Zeitpunkt nicht nur um die Aushilfe aus Koblenz angewachsen, sondern auch um zwei selbst ernannte Sonderermittler im Rentenalter. Und dem jungen Mädchen aus Koblenz, das jetzt mit der Aufklärung des Falles betraut worden war, würde man es schon zeigen. Das war ganz eindeutig „dem Torsten sein Fall", dachten Josef Weidenfeller und Gerlinde Bloch – und natürlich ab jetzt auch ihrer.

Aber davon wusste Ann-Barbara Cappell nichts, als sie an diesem sonnigen Oktobertag zum ersten Mal nach Montabaur kam. Sie war gerade erst aus dem Gespräch mit Kriminaldirektor Buck und Staatsanwalt Zwanziger entlassen worden, hatte sich einen Dienstwagen bestellt und dann kurz ihre Ankunft in Montabaur angekündigt. Dort waren die ermittelnden Beamten alle unterwegs, hieß es. Natürlich. Was sie über den Fall Hans Steinhöfel wusste, hatte sie von ihrem Vorgesetzten gehört und in dem Bericht ihres neuen Kollegen aus Montabaur gelesen.

Die Zeitungen hatten am Tag nach dem Fund der Leiche darüber berichtet, aber schon in ihren Online-Ausgaben waren gestern Nachmittag erste Texte und – weil es noch nicht so viel zu berichten gab – viele Bilder veröffentlicht. Sie hatte den Eindruck von einer idyllischen Altstadt mit historischem Stadtkern, dessen Stadtmauer sorgsam restauriert war. Die Straßennamen „Sauertal" und vor allem „Judengasse" hatten sie ein wenig irritiert. Dann hatte sie nachgelesen und erfahren, dass der Name auf jene Bewohner verwies, die vor 700 Jahren hier angesiedelt waren, aber zur Zeit der großen Pest fliehen mussten, weil man ihnen die Schuld an der Epidemie in die Schuhe geschoben hatte.

Heute warten wir mit den Schuldzuweisungen, bis die Ermittlungen abgeschlossen sind – und wir haben die Forensik, um den Ursachen auf die Spur zu kommen, dachte sie. Voller Motivation und Zuversicht war sie vor gut einem Jahr nach dem Abschluss ihres Bachelorstudiums an der Polizeischule auf dem Hahn im Range einer Kriminalkommissarin nach Koblenz gekommen. Sie war bestens durchtrainiert – ausgestattet mit einem Rokudan in Jiu-jitsu, der sie berechtigte, einen rot-weißen Gürtel zu tragen. Dabei hatte sich gezeigt, dass ihre geringe Körpergröße – sie war genau einen Zentimeter länger als die Mindestgröße im Polizeidienst – ihr optimale Hebelkräfte verlieh.

Aus ihrer Zeit als Polizeianwärterin hatte sie ihren Spitznamen weg, „Das kleine ABC", der sich nicht nur auf ihre

Initialen und ihre Körpergröße bezog, sondern auch darauf, dass sie eben noch eine Anfängerin war, für die alles wie Das kleine ABC war. Einbrüche, Körperverletzung, Sachbeschädigung – das waren ihre Aufgaben in den ersten Monaten gewesen – auch, weil Koblenz alles andere als ein Kriminalitätsschwerpunkt war. Im Frühjahr hatte sie ihren ersten großen Fall zu bearbeiten – ein mysteriöser Todesfall in der Rhein-Mosel-Halle, als ein Mitglied der Rheinischen Philharmonie sterbend von der Bühne stürzte. Erst hatte alles nach einem klassischen Drogentod ausgesehen, aber dann konnten sie einen weit angelegten Händlerring ausheben, der bis nach Tschechien reichte.

Kriminaldirektor Bertram Buck war kein Mann für große Worte – das wusste sie inzwischen. Aber dass er sie nun zu einem zweiten Todesfall – wenn auch nur als Unterstützung in der Sonderkommission Mauerfall – nach Montabaur schickte, betrachtete sie als Anerkennung für ihren Einsatz. Zusammen mit Buck und Staatsanwalt Zwanziger hatte sie die ersten Ergebnisse der pathologischen Untersuchung durchgesehen, die sie jetzt ihren Kollegen überbringen würde.

Wichtigste Erkenntnis: Die Leiche hatte schon mindestens 24 Stunden, vielleicht sogar noch länger, an der Fundstelle gelegen – eine genauere Zeitabschätzung werde folgen. Und: während Hans Steinhöfel die Wunde an der Hüfte mit einem stumpfen Gegenstand beigebracht worden war, wies die Leiche Würgemale am Hals, Hämatome an den Unterarmen und auf dem Rücken zwei kleine Stichwunden auf. Das Hemd des Toten war blutdurchtränkt. „Wir können davon ausgehen, dass der Tod gewaltsam herbeigeführt wurde und der Mann schon tot war, als er da unten eingeklemmt wurde", hatte Gerd Zwanziger die Ergebnisse dem dabei eifrig nickenden Buck zusammengefasst.

„Also, worum es jetzt vor allem geht, Frau Cappell", der Staatsanwalt schaute sie eindringlich an. „Wir haben keinerlei Hinweis auf den oder die Täter. Aus Montabaur hören wir nichts über einen Augen- oder Ohrenzeugen. Totale Fehlanzeige." Er zuckte die Schultern, wie um zu zeigen, dass man vor einem Rätsel stünde.

„Wie auch, wenn wir bislang noch nicht einmal den Todeszeitpunkt genau bestimmen konnten", ergänzte Buck. „Aber so einen Sturz muss jemand gehört haben. Und vielleicht gab es vorher ein Handgemenge. Die Stich- und Würgemale lassen das vermuten."

Und dann hatte Zwanziger etwas gesagt, das sie nicht recht einordnen konnte: „Sie müssen da mit Ihrer ganzen Cleverness rangehen." Tat sie das nicht immer? Und taten das nicht auch die Kollegen in Montabaur? Immer?

Hier sollte sie also mit ihrem Kollegen Torsten Weidenfeller ansetzen ...

„Läuft", wiederholte der, als Ann-Barbara Cappell ihm gegenüber in seinem kleinen Büro an der Koblenzer Straße in Montabaur Platz genommen hatte. Sie hatte ihm den vorläufigen Bericht der Gerichtsmedizin vorgelegt und die Schlussfolgerungen von Buck und Zwanziger so dargestellt, dass ihr Kollege sich nicht von ihr bevormundet vorkam. Jetzt wartete sie darauf, von ihrem Kollegen zum Tatort geführt zu werden. „Oben oder unten?", fragte der.

Sie schaute nur einen Moment verdutzt drein. Dann sagte sie: „Wir wollen die Tat aufklären, nicht die Landung, oder?"

Während sie in den Wagen stiegen, begann sie zu dozieren: „Oben befindet sich ein Dutzend Häuser, eine Kneipe, jede

Menge Passanten müssen da vorbeigekommen sein. Wir müssen davon ausgehen, dass hier ein Kampf oder zumindest ein kurzes Handgemenge stattgefunden hat – vor zwei Tagen, vielleicht drei. Tag oder Nacht, keinen Schimmer. Aber das müssen wir einkreisen." Während sie sprach, hatte sie sich ein schwarzes Haarband über das linke Handgelenk gestreift. Dann hatte sie ihr schulterlanges Haar gerafft und mit zwei raschen Bewegungen der Hände durch das Haargummi gezogen.
Mit dem Pferdeschwanz wirkt sie noch jünger, dachte Weidenfeller. Er hielt auf dem Parkplatz, direkt vor dem kleinen Türmchen, das die Mauer krönte. „Mein Vater nennt den Turm immer Schiffchen – keine Ahnung warum", erklärte er, als sie ausstiegen. „Wir gehen davon aus, dass der Tote sich hier links am Fenster hochgezogen hat auf den Zaun – und dann abgegangen ist."
„Warum?", fragte seine Kollegin und er erklärte, dass Hans Steinhöfel Rechtshänder war, dass er also aller Wahrscheinlichkeit nach mit der rechten Hand am Schiffchen Halt gesucht haben wird. Mit einer raschen Bewegung griff sie ins Fenster, setzte den Fuß auf den Mauervorsprung, stützte das Knie auf den Zaun, kam mit dem anderen Fuß nach und stand plötzlich kerzengerade in luftiger Höhe über dem Felsenabgrund. Von dort hielt sie Ausschau, beugte sich sogar ein wenig vor, ging dann in die Hocke. Torsten Weidenfeller schaute auf ihre Rundungen, die in einer schwarzen Leggins steckten, und überlegte einen Moment, ob er sie von hinten festhalten sollte, dachte dann aber, dass er sie damit vielleicht erschrecken könnte. Doch sie hatte seinen Impuls erkannt.
„Das wäre eine natürliche Bewegung von jemandem, der Hans Steinhöfel zurückhalten wollte", dachte sie laut und

sprang mit einem akrobatischen Satz zurück auf den Parkplatz. "Das würde die Hämatome an den Armen erklären."
"Vielleicht wurde er auch rübergeworfen", spekulierte jetzt der Kriminalhauptkommissar. "Das würde die Griffspuren an den Armen ebenfalls erklären." Ann-Barbara Cappell schaute ihren Kollegen überrascht an. "Wie viele Personen braucht man, um einen ausgewachsenen Menschen über den Zaun zu werfen?", fragte sie. Dann wischte sie sich die Hosenbeine ab und fragte von unten herauf: "Wo fangen wir an? Am besten da, wo Sie und Ihre Leute heute Morgen aufgehört haben …"
"Wir haben erst mal den Garagenbesitzer" – er zeigte über die Stadtmauer nach unten – "und das ältere Ehepaar im Häuschen mit dem Balkon direkt gegenüber befragt. Da drüben die Kneipe", diesmal zeigte er auf das Gebäude in der Kehre zur Wirzenborner Straße, "steht schon lange leer." Aber niemand habe Geräusche von brechendem Holz gehört. "Die Leute mit dem Balkon haben sich beschwert, dass immer wieder Jugendliche hier oben stehen und in die Nacht hinausbrüllen. Das passiert hier wohl fast jeden Abend – besonders natürlich freitags und samstags."
Oben in der Judengasse waren bislang nur die beiden Besitzer der Kneipe befragt und die Halter der parkenden Autos ermittelt worden. "Wir erstellen jetzt ein Profil, wer zu welchem Zeitpunkt hier oben gewesen ist – und wenn wir genau wissen, wann der Tod eingetreten ist, also die Tat begangen wurde, dann …"
"Gut, gut", antwortete Ann-Barbara Cappell und schaute zur Seite. "Dann nehmen wir uns jetzt die Leute aus den Wohnungen und den Geschäften links und rechts vor. Fangen wir doch einfach mal an." Sie zeigte auf die beiden

Häuser zu beiden Seiten des Parkplatzes, deren Rückwand auf der Stadtmauer aufsetzte. Beide Häuser waren zu weit seitlich versetzt, als dass der Sturz aus ihren Rückfenstern hätte erfolgen können. Aber vielleicht hatten die Bewohner etwas gesehen oder gehört.

Die Befragung sollte sie den ganzen Nachmittag festhalten. Torsten Weidenfeller hatte ein Foto des Verstorbenen, das er bei der Durchsuchung von Steinhöfels Wohnung von der Wand genommen hatte. Es zeigte seinen Kopf und seinen linken Arm, den er auf das offene Fahrerfenster seines Wagens abgelegt hatte. Die andere Hand hielt das Steuer. Die Anwohner erkannten den Mann im Auto sofort.

Man wisse schon, wer das ist, hätte ja schließlich auch in der Zeitung gestanden. Aber, nein, etwas Besonderes sei in den letzten Tagen nicht vorgefallen. Nur natürlich die Jugendlichen, die hier Abend für Abend ihre schmutzigen Wörter in die Nacht brüllen.

„Kommen aus den umliegenden Gaststätten und erleichtern sich dann hier im hohen Bogen", sagte der Besitzer eines Sanitärladens. „Dabei wird gebrüllt, dass einem angst und bange wird." Und dann zu Torsten Weidenfeller gewandt: „Das ist das Ergebnis, wenn ihr am Wochenende die öffentliche Toilette dort drüben abschließt", er zeigte Richtung Kirche.

Weiter rechts hörten die beiden Ermittler, dass vor allem aus dem „Dart Vader" Störgeräusche kämen. „Wenn im Sommer die Tür auf ist, kann man jedes Mal hören, wenn da jemand ins Schwarze getroffen hat", sagte die junge Frau, die direkt neben der Kneipe wohnt.

„Die Taxifahrer sind ja in Ordnung", ergänzte der Mann ein Haus weiter rechts. „Die trinken nicht viel. Die müssen ja

am nächsten Tag wieder fahren. Aber die Russen. Haben Sie mal gehört, wie das klingt, wenn die voll mit Wodka aus der Tür torkeln?"
„Welche Russen?", fragte Ann-Barbara Cappell den Mann in der Tür, aber die Antwort kam von Torsten Weidenfeller. „Wir haben drüben in der Sommerwiese eine ganze Meute von diesen Russlanddeutschen. Tür an Tür mit all denen, die vor zwei Jahrzehnten aus dem kriegsgebeutelten Jugoslawien zu uns gekommen sind."
„Die machen hier nach und nach das ganze Viertel kaputt", ergänzte der Nachbar. „In der Sommerwiese hält sich kein Laden, keine Kneipe. Die kaufen doch ihr Russenzeug nur in ihrem eigenen Laden da unten", deutete er nickend eine imaginäre Stelle hinter der Stadtmauer an.
„Und tagsüber sitzen sie im Park hinter der Kirche", mischte sich eine Stimme von hinten ein, „kann ich von meinem Fenster aus genau sehen." Die beiden Polizisten drehten sich um. Vor ihnen stand … „Tante Bloch!", rief Torsten Weidenfeller aus und gab der alten Frau die Hand. Dann nickte er dem Mann in der Tür zu und führte sie von der Haustür weg. „Wir sind hier mitten in einer Befragung, Tante Bloch." „Das sehe ich", sagte die. Dann beäugte sie „datt Maadsche us Kowelenz", die sich noch die Personalien des Befragten notiert hatte, und raunte dem Sohn ihres Zimmernachbarn – wieder in ihre Westerwälder Mundart zurückfallend – zu: „Is datt datt?"
„Ja, die hat heute bei mir angefangen", antwortete der Polizist. „Ich zeige ihr gerade den Stand der Ermittlungen … Wir überlegen, ob der Hans Steinhöfel vielleicht über die Mauer geworfen worden sein könnte. – Das müsste dann natürlich eine Gruppe von mehreren Personen gewesen sein."

„Fenstersturz – das ist doch eine Spezialität von diesen ganzen Slawenvölkern", posaunte Gerlinde Bloch jetzt wieder weitgehend dialektfrei, damit die Neue auch alles mitbekam. „Krach in der Kneipe, den Burschen gepackt, rüber auf den Parkplatz, über die Mauer – und fäddisch", die klatschte in die Hände, als wische sie sich den Staub nach getaner Arbeit ab. „Vastiehs de mesch. Und dann elendiglisch verbloodd, datt hatt dä oame Deuwel nett vadient."
„Der ist nicht verblutet, Tante Bloch. Der ist gleich mit dem Messer in den Rücken", Torsten Weidenfeller machte die entsprechende Handbewegung. „Und dann über die Mauer" – auch hierzu gab er der Mutmaßung mit einer Geste Gestalt. Ann-Barbara Cappell schaute von einem zum anderen. Konnte das sein? Plauderte der Kollege da gerade einen möglichen Ermittlungsstand an seine Tante aus? Sie öffnete den Mund, um etwas zu sagen, während die beiden sich über weitere Tötungsmöglichkeiten austauschten, die man den Russen zutrauen würde. Aber dann besann sie sich eines Besseren, drehte sich einfach nur um und setzte die Befragung fort. Inzwischen war sie bei einem schmucken Eckhäuschen am Verbindungsweg zwischen Judengasse und Fußgängerzone angekommen. Im Fenster des Geschäfts klebte ein Zettel, wonach der Laden nur nach Vereinbarung geöffnet werde. Sie blinzelte hinein: Weinregale, ein Tisch, drei Gartenstühle. Neben dem Fenster wies das Türschild auf einen Architekten hin. Sie klingelte.
Ein Türsummer ertönte und die Tür sprang auf. Sie schaute sich kurz nach ihrem Kollegen um, gab ihm ein Zeichen, dass sie im Haus verschwinden werde und tat es dann auch. Sie befand sich in einem Flur, der mit denselben glatt polierten Steinfliesen belegt war wie das angrenzende

Ladenlokal. Außer einer Treppe war nichts zu sehen. Sie ging hinauf. Oben stand ein junger Mann und begrüßte sie mit einer Entschuldigung. „Ich kann Ihnen leider nicht entgegengehen – ich bin blind."

Sie zog den Polizeiausweis wieder ein, den sie ihm schon entgegengehalten hatte. „Ich bin von der Polizei und ermittle in dem Todesfall", erklärte sie ihm und nannte ihren Namen. „Mein Ausweis verfügt leider nicht über Braille-Schrift – Sie müssten mir das schon irgendwie glauben." Dann kam ihr eine Idee: „Vielleicht hilft das hier" – sie hielt ihre Dienstmarke vor. Der Blinde ertastete die Marke und trat dann zur Seite. „Als Augenzeuge stehe ich Ihnen leider nicht zur Verfügung."

Sie nickte. Dann sagte sie laut. „Ja, das verstehe ich. – Aber vielleicht haben Sie etwas gehört. Die Leute hier rundherum sagen, dass es hier abends immer viel Geschrei gibt."

Der Mann lächelte. „Das stimmt. Für mich ist das wie aus dem Fenster gucken – mit den Ohren." Er zeigte auf das Fenster, das zur Judengasse hinausging. Davor standen ein Stuhl und ein kleiner Tisch. „Jeder Abend in der Woche hat seine ganz eigene Geräuschkulisse. – Freitags und samstags zum Beispiel hört man, wie die Jungs, die etwas zu viel getrunken haben, dort drüben an der Mauer ihre Lebenslust hinausschreien. Und manche scheinen dann auf die Mauer oder auch auf den Zaun zu klettern. Das schließe ich aus den Schreien der Mädchen –,Tu das nicht', ‚Bist du verrückt' – solche Sachen."

Er lauschte in die Stille, die Ann-Barbara Cappell nicht unterbrach. „Die Mädchen sind meist etwas nüchterner als die Jungen, wissen Sie. Auch das kann man deutlich hören. Die Artikulation, verstehen Sie?"

Er erzählte weiter. An den Nachmittagen würden sich die Taxifahrer nach Beendigung ihrer Tagesschicht treffen, um eine Runde Dart zu spielen. „Ich habe es übrigens auch mal probiert – wenn man weiß, wo das Ziel ist, ist es gar nicht so schwer …"
„Und die Russen?", fragte sie. „Die Russlanddeutschen?", fragte er zurück. „Die werden wohl niemandem mehr etwas antun können, wenn sie aus dem ‚Dart Vader' stolpern. Die sind hacke – das hört man an den unsicheren Schritten."
„Können Sie sich an außergewöhnliche Geräusche erinnern? An einen Schrei vielleicht? Oder an Kampfgeräusche? Sachen, die Sie sonst nicht hören, die irgendwie untypisch sind für den – nun ja – normalen Wochenlärm?"
„Montags höre ich andere Geräusche, weil dann die Dart-Kneipe geschlossen ist", der Blinde schaute in die Richtung, aus der er die Frage hörte. „Es ist erstaunlich, wie viele unterschiedliche Tierstimmen man hier hören kann, wenn die Menschen sie nicht überschreien. Hier in der Böschung an der Stadtmauer und weiter zur Kirche hin im Gebück."
Die Polizistin machte ein paar Schritte, um zu prüfen, wie weit sich der Kopf ihres Gegenübers mitbewegen würde. „Und irgendetwas, das nach Todesangst oder ernsthaftem Streit klingen würde?"
„Wissen Sie, ich kannte Hans Steinhöfel ganz gut", antwortete der Blinde. „Er hat mich gefahren. Ich habe seine Telefonnummer. Und er hat mich dann in seinem Privatauto mitgenommen." Dann richtete er sein Blick zum Fenster, so, als würde er hinausschauen. „Ich denke, ich würde seine Stimme erkannt haben, wenn er etwas gerufen hätte, bevor er über die Mauer ging." Und dann nach ein paar Sekunden des Nachdenkens: „Aber natürlich, eine Stimme

klingt anders, wenn man Angst hat oder panicked." Er sagte tatsächlich „panicked" wie im Englischen.

Unten auf der Straße wartete Torsten Weidenfeller vor dem Dienstwagen auf sie. „Was sollte das jetzt?", raunzte er. „Allein in ein Haus gehen. Haben Sie denn nicht gelernt …?" „Und Sie? Plaudern Ermittlungsergebnisse an Unbeteiligte aus!"

„Unbeteiligt? Ausplaudern? Das sind meine Ermittlungsmethoden. Gib etwas, bekomm etwas dafür." Der Kriminalhauptkommissar warf sich hinters Lenkrad und seine Kollegin beeilte sich, um das Auto herumzulaufen.

„Tante Bloch ist keine Unbeteiligte. Sie ist die Zimmernachbarin meines Vaters – drüben im Seniorenheim. Aber da fahr ich jetzt hin. Und vorher setze ich Sie bei Ihrem Wagen ab. Wir sehen uns morgen. Aber vergessen Sie das Berichteschreiben nicht, oder was Sie sonst auf der Schule gelernt haben."

Er setzte zurück und schweigend fuhren sie den knappen Kilometer an der evangelischen Kirche und am Krankenhaus vorbei, bis sie den Hof des Gebäudekomplexes erreichten, in dem die Polizeiinspektion untergebracht war. „Dann bis morgen", gab sie zurück und stieg aus. Selbst wenn sie mehr hätte sagen wollen, etwas Versöhnliches vielleicht, das den ersten gemeinsamen Arbeitstag mit ihrem Montabaurer Kollegen gerettet hätte, wäre sie nicht dazu gekommen.

Sie war gerade einen Schritt zurückgetreten, als der Wagen auch schon anfuhr. Der Schwung sorgte dafür, dass die Beifahrertür mit einem dumpfen Knall ins Schloss fiel. Dann war das Auto auch schon um die Ecke.

Wütend setzte sie sich in ihren Wagen. Sie sollte clever sein, hatten Buck und Zwanziger ihr zu verstehen gegeben. Und jetzt war sie alles andere als clever gewesen.

Sie stieg aus und suchte das Büro ihres Kollegen auf. Dann ließ sie sich von einem der diensthabenden Polizisten die Akte aushändigen, blätterte kurz darin und fand die Adresse und den Schlüssel von Hans Steinhöfels Wohnung in der Sommerwiese. Auch wenn das wieder nicht clever war, würde sie sich jetzt dort ein wenig umsehen. Allein!
Sie tippte „Herderstraße" in das Navigationssystem ihres Dienstwagens ein. Staunend stellte sie fest, welchen Umweg sie nehmen musste, um das in einer Viertelstunde zu Fuß erreichbare Ziel mit dem Auto anzufahren. Einen kurzen Moment dachte sie darüber nach, wieder auszusteigen und den direkten Weg zu gehen. Dann aber entschied sie sich nicht nur für das Fahrzeug, sondern auch für den längeren Weg einmal um den Nordteil des Stadtkerns herum – „also an der Kreuzung links ab und dann dem Straßenverlauf folgen", merkte sie sich.
An der Ampel musste sie warten und hatte Gelegenheit, sich zu orientieren. Links erkannte sie eine zweifelhafte Beton-Schönheit mit dem merkwürdigen Namen „Mons Tabor Halle". „Mons Tabor" wiederholte sie für sich und erinnerte sich an ein Lieblingsmärchen ihrer Kindheit: Kalif Storch. „Mutabor" murmelte sie vor sich hin und schaute unwillkürlich auf ihre Handflächen. Nein, Federn wuchsen ihr nicht wie dem Kalifen, der sich in einen Storch verwandelt hatte. In dem Märchen wollte der Herrscher wissen, was auf der Straße über seine Regentschaft gesprochen wurde. Er war also Spion in eigener Sache. Sie, „Das kleine ABC", würde jetzt in der Wohnung von Hans Steinhöfel nach Hinweisen auf sein Vorleben, auf Motive für eine Tat suchen. So viele hatten den Toten zu Lebzeiten gekannt. Und doch hatten die Befragungen bislang so wenig Verlässliches über Hans

Steinhöfel hervorgebracht. Nicht einmal seine Schwester hatte viel über ihn zu berichten gewusst. Sein Tod war ihr auf eine merkwürdige Art gleichgültig gewesen, hatte Torsten Weidenfeller in seinem Protokoll der Befragung angefügt.

Die Ampel schaltete um und ihr Blick wandte sich in ein langgezogenes Tal – wieder war ein wenig Stadtmauer zu sehen, dahinter wieder eine Beton-Schönheit und dahinter oder darüber erkannte sie gelbe Ausläufer des Schlosses, das ihr schon bei der Herfahrt von Koblenz aufgefallen war. Sie musste erneut an einer Ampel halten und das Schloss verschwand hinter den Gebäuden der Innenstadt. Wenig später tauchte es wieder auf, ragte hoch über ihr, als sie an der nächsten Ampel halten musste. „Wallstraße", las sie und schmunzelte. „Also eine Wall Street haben die hier auch."

Sie bog links ab und ließ das Schloss rechts liegen. Einen ganzen Kilometer lang wusste sie das hochherrschaftliche Anwesen neben sich, über sich. Thronend wie – wieder eine Erinnerung, diesmal an eine Schullektüre – wie „Das Schloss" von diesem Verrückten, Franz Kafka. „Und oben dräut das Schloss und beobachtet jeden Eurer Schritte", sagte sie vor sich hin, einen vagen Satz aus dem Buch zitierend. Sie hatten es alle gehasst, dieses Buch. Wie man wohl jedes Buch nicht mag, das als Schullektüre ausgewählt wird.

Inzwischen war das Schloss in ihrem Rückspiegel aufgetaucht. Dafür erkannte sie zu ihrer Rechten das Sauertal wieder – sie maß die Höhe ab von der Stadtmauer, an der sie eben noch mit Torsten Weidenfeller gestanden hatte, bis zur Fundstelle der Leiche an ihrem Fuß. Ein Sturz von zwanzig Metern, vielleicht weniger. Aber auf jeden Fall tödlich, wenn man kopfüber durch das Gehölz krachte. Aber wieso hatte man kaum Astbruch gefunden?

Sie wurde abgelenkt, weil die Stimme aus dem Navigationssystem sie zum Abbiegen aufforderte.
„Jakob-Hannappel-Straße", las sie und dann „Herderstraße". Sie hielt an und ließ die Häuseransicht auf sich wirken: Siedlungshäuser immer gleicher Bauart lagen links und rechts vor ihr. Die Doppelhäuser waren sicher alle einmal vollkommen identisch gewesen. Aber jetzt hatten individuelle Baumaßnahmen hier, Malerarbeiten dort und unterschiedliche Bepflanzungen überall für Vielfalt gesorgt. Ann-Barbara Cappell verglich die Wohnsiedlung mit der Umgebung, in der sie aufgewachsen war und noch heute lebte – auf dem Asterstein in Koblenz. Auch dort waren die Häuser zunächst ähnlich, wenn auch nicht identisch gewesen. Aber Wohlstand und Wohngefühl hatten die Gebäude auch dort inzwischen völlig individualistisch umgestaltet. Hier war trotz der Veränderungen noch immer der ursprüngliche Siedlungscharakter zu erkennen.
Sie stieg aus und näherte sich dem Haus, in dem Hans Steinhöfel gewohnt hatte. Ein alter Mann mit Rollator kam ihr entgegen. Der schaute erst auf den Dienstwagen, dann auf die Frau in Zivil. „Sie sind wegen Hans Steinhöfel hier, stimmt's?", fragte er. Sie nickte. „Und wer sind Sie?", fragte sie zurück.
„Wissen Sie, ich hab den Hans erst gar nicht erkannt, wie er da lag", hörte sie und kombinierte, dass es sich um den Mann handeln musste, der gestern die Leiche gefunden hatte. Wie hieß er gleich: Furtwängler, richtig. Noch so eine Erinnerung aus der Schulzeit. Irgendwas mit Musik.
„Der Hans und ich, wir waren ja praktisch Nachbarn. Und weil mich das ja keiner gefragt hat – konnte ja auch keiner wissen, dass man mich das mal besser fragt ..." Sie wartete, lehnte sich an den vorderen linken Kotflügel ihres Wagens

und fasste sich in Geduld. „Ich wohne ja gegenüber, er wohnte hier." Der Alte ließ mit einer Hand den Rollator los, um damit wie ein Stadterklärer nach links und rechts zu deuten. „Der Hans und ich wir sind doch vormittags immer zusammen in die Stadt, seit ich den Rollator habe. Das ist jetzt – warten Sie mal, der Hans hatte vorletztes Jahr seinen 60. – seit drei Jahren machen wir das so. Jeden zweiten Werktag hoch zum REWE. Ich komme ja nicht mehr mit dem Rollator durchs Gebück. Deshalb rauf das Sauertal und dann beim Krepel runter."

„Ja, und?"

„Montags, mittwochs, freitags. – Aber Mittwoch war er nicht da. Das heißt, Mittwoch habe ich ihn ja gefunden. Und wie der Dr. Cord sagt, war er wohl nicht mehr ganz frisch."

„Und Sie meinen?", Ann-Barbara Cappell war plötzlich interessiert. „Montag war er noch da – also ist er ..."

„Genau. Seit Montag oder Dienstag tot." Der Alte rückte etwas näher an die Polizistin heran. „Oder hat ihn noch jemand gesehen?"

Hatten sie überhaupt schon die näheren Lebensumstände befragt? Hans Steinhöfel war am Montag zuletzt gesehen worden. Wer hatte ihn noch gesehen? Wenn er am Mittwoch schon mindestens 24 Stunden hinter der Plakatwand gehangen hatte, dann musste ja – Montagabend eine wahrscheinliche Todeszeit sein. Niemand fällt am hellichten Tag unbemerkt die Stadtmauer runter.

Und Montag hatte die Kneipe doch zu ...

„Ich müsste dann jetzt", sagte sie und stieß sich vom Kotflügel des Dienstwagens ab. Dann lehnte sie sich wieder an. „Was war Hans Steinhöfel eigentlich für ein Typ? Worüber haben Sie gesprochen auf dem Weg in die Innenstadt."

Ludwig Furtwängler drehte seinen Rollator um und setzte sich. Dann sagte er: „Er war ja fast zwanzig Jahre jünger als ich – da sieht man die Dinge anders. Ich habe mich daran gewöhnt, abgeschoben worden zu sein – er nicht. Wissen Sie ...", begann er und erzählte von seiner Enkelin, die sich zwar rührend um ihn kümmere, aber eben doch nur seine Enkelin sei. „Meine Tochter, ihre Mutter, ist schon gestorben. Mein Schwiegersohn wohnt was weiß ich wo." Aber er lebe in seiner eigenen Wohnung und könne immer noch ohne Betreuung auskommen. „Sieht man mal von Hans Steinhöfel ab, der mich drei Tage in der Woche begleitet hat. Ansonsten habe ich das hier", er holte das Handy aus dem Brustbeutel. „Hat mir meine Enkelin geschenkt. Damit ich nicht ohne Hilfe bin, wenn mal was ist."

Ann-Barbara Cappell wartete geduldig, bis Ludwig Furtwängler auf seinen Erzählpfaden wieder zu Hans Steinhöfel zurückfand.

„Hans sagte immer: ‚Wir Deutschen müssen zusammenhalten'." Er machte mit der Hand eine weit ausholende Geste. Das alles hier, erklärte er ihr, sei schon immer der Osten gewesen. Nicht nur der Osten der Stadt Montabaur. Hier waren nach dem Ersten Weltkrieg Flüchtlinge aus dem Osten angesiedelt worden. Deshalb sei seinerzeit auch diese Siedlung so angelegt worden, dass jede Hausgemeinschaft gemeinsam einen großen Nutzgarten anlegen konnte. „Jetzt sehen Sie nur Rasenflächen. Das ist der Beweis dafür, dass die Leute kein Interesse mehr an der Scholle haben und dem Ertrag, den sie bietet."

Nach dem Zweiten Weltkrieg sei die Sommerwiese abermals Ansiedlungsfläche für Umsiedler aus dem Osten gewesen. „Das ging dann über Jahrzehnte so weiter. Immer

wieder Flüchtlinge, die aus den Auffanglagern in den Westen kamen. Kaum war das vorbei, kamen die Flüchtlinge aus dem Kosovo, aus Rest-Jugoslawien. Und jetzt die Russlanddeutschen."
„Und die sind es wohl, die jetzt wieder Nutzgärten anlegen", meinte Ann-Barbara-Cappell und deutete auf die letzten im Herbst noch verbliebenen Gemüsepflanzen. Zwischen den Häusern konnte man auf Gartenanlagen schauen, in denen noch Teppichstangen montiert waren, die über eingefasste Wege verfügten und von denen – ganz hinten deutlich zu sehen – wieder ein Teil der Rasenfläche für Gemüse und Obst bereitet war. Die niedrig stehende Oktobersonne tauchte alles in ein goldenes Licht. Mehr Idylle geht gar nicht, dachte sie. Laut sagte sie: „Der Russe weiß halt noch die Scholle zu würdigen – und ihren Ertrag." Das Lachen konnte sie sich kaum verkneifen. Aber Ludwig Furtwängler erkannte offensichtlich die Ironie in ihren Worten nicht. Sollte er ja auch nicht – das war ja der Sinn von Ironie, wie die Polizistin aus ihrem Rhetorikkurs wusste. Sie tadelte sich innerlich dafür, denn Ironie, das hatte sie auch gelernt, sorgt für ein Gefälle zwischen den Gesprächspartnern. Nicht mehr auf Augenhöhe, hieß das.
Sie wechselte das Thema: „Der Hans Steinhöfel hat doch private Fahrten mit seinem Auto angeboten. Warum hat er Sie nicht auch gefahren, Herr Furtwängler? – Ich meine, das wäre doch für Sie angenehmer gewesen, als diesen Rollator spazieren zu führen." Vorsicht, Ironiefalle!, ermahnte sie sich erneut.
„Der Hans hat das mehr als Therapie gesehen – und da hatte er ja auch recht." Wie aufs Stichwort stand der Alte wieder auf und wandte sich mit seinem Rollator zum Gehen.

„‚Fahren birgt Gefahren', sagte er immer. Und damit meinte er nicht nur den Straßenverkehr. Er war der Meinung, dass die Leute mehr für ihren Körper tun sollten anstatt zum nächsten Bäcker mit dem Auto fahren. Schauen Sie sich mal um: Das Wichtigste am Bäcker ist doch heute nicht mehr der Backofen, sondern der Parkplatz direkt vorm Ladenlokal", sagte er und stiefelte davon.

Der kann ja auch Ironie, dachte die Polizistin und versicherte sich, dass der Wagen abgeschlossen war. Dann drehte sie sich noch einmal um und rief: „Herr Furtwängler. Heute ist Donnerstagnachmittag und Sie sind auf dem Weg in die Stadt. Haben Sie seit dem Tod von Hans Steinhöfel so schnell Ihre Gewohnheiten geändert?"

Es schien, als habe der Alte sie nicht mehr gehört, denn er ging unbeirrt weiter. Dann machte er aber doch noch einmal Halt, drehte sich um und sagte: „Ich bin auf dem Weg zur Dart-Kneipe. Was glauben Sie, was da heute los ist …"

Sie ließ es ungeklärt, ob der Alte sie gehört hatte oder einfach nur einem Gedanken folgend die Dart-Kneipe erwähnt hatte. Und sie musste ihm recht geben. Wenn heute Gerüchte über den mysteriösen Todesfall ausgetauscht wurden, dann dort oder in einer der anderen Kneipen von Montabaur. Aber ihr, der Ortsfremden, würde wohl niemand was stecken. Das war eher Torstens Metier. Sie ertappte sich dabei, dass sie ihn in Gedanken Torsten nannte, nicht Kriminalhauptkommissar, nicht Weidenfeller. Unter Kollegen duzte man sich schnell. Bislang hatte sie damit noch nie ein Problem gehabt. Nur bei diesem Chauvi vom Land war das plötzlich anders. Sie wandte sich um, kramte den Schlüssel hervor und öffnete die Tür zum Haus Herderstraße 15. Sie betrat einen in grüner Leimfarbe gestrichenen Hausflur, dessen angeschlagene

Wände davon zeugten, dass hier oft Möbel hinein- und herausbefördert wurden. Vier Parteien wies die Klingel aus: Lewandowski, Kruse, Arschawin und Steinhöfel. Fehlt nur noch Podolski, dachte sie, und die Sturmreihe ist perfekt.
Im ersten Stock fand sie die Tür von Hans Steinhöfels Wohnung. Sie war nicht versiegelt. Hätte das nicht unbedingt erfolgen müssen?, überlegte sie. Dann beglückwünschte sie sich zu der Nachlässigkeit ihres Kollegen. Wenn sie kein Siegel durchtrennen musste, würde ihr auch keiner nachweisen können, dass sie dagewesen war. Und damit konnte ihr auch keiner vorwerfen, gegen die Vorschriften allein auf Einsatz zu gehen. In den Fernsehkrimis drangen die Protagonisten oft alleine in die Wohnungen ein – das machte die Szenen einfach dichter, spannender. Aber in der Realität war das äußerst bedenklich, weil sich praktisch keine gerichtlich verwertbaren Informationen vorbringen ließen, wenn kein Zeuge bestätigen konnte, dass die Beweise so und nicht anders vorgefunden wurden.
Außerdem war es gefährlich.
„Aber scheiß drauf", sagte sie sich. „Dann geh ich eben morgen noch mal hin und hole ganz offiziell, was ich heute gefunden habe." Damit zog sie sich die weißen Latexhandschuhe an. Jetzt auch noch Fingerabdrücke zu hinterlassen wäre also doch zu sehr – eben kleines ABC.
Sie schloss die Tür leise, sicher, dass sie niemand gehört hatte. Aber natürlich stand der Dienstwagen draußen vor der Tür wie auf einem Präsentierteller. Sie schaute aus dem Fenster zur Straße hinunter. Die ersten Nachbarn hatten offensichtlich schon Notiz von dem Wagen genommen. Sollten sie.
Sie blickte sich um. Das Zimmer, in dem sie stand, war eines von der ganz üblen Sorte. Also so was von nicht ihr

Geschmack. Warum stellen die Leute ihre Zimmer immer so voll?, fragte sie sich. Zwischen Schrankwand oder Wandschrank oder was auch immer, dem Couchtisch und einem Sofa – für Orgien!, so groß war es – blieb kaum Platz zum Gehen. Das alles beherrschende Möbelstück war der? ... richtig: überdimensionierte Fernseher, der an der Wand schräg gegenüber der Sofalandschaft neben der Tür zum Flur angebracht war. Mindestens 75 Zoll. Fast zwei Meter – wow! Das Zimmer war erstaunlich aufgeräumt für einen alleinstehenden Mann, der nicht wissen konnte, dass er nicht mehr in seine Wohnung zurückkehren würde. Auf dem Sofa – griffbereit von der Stelle, die ausweislich einer kleinen Kuhle in der Polsterung der bevorzugte Platz Hans Steinhöfels gewesen sein musste – lagen Zeitschriften wie „Der Hund – Das Fachmagazin für Hundefreunde" und Ausgaben von „ZEIT Geschichte", „SPIEGEL GESCHICHTE" sowie das Computermagazin „C´t". Merkwürdige Mischung, aber – wurde Ann-Barbara Cappell in diesem Moment bewusst – wie schmeichelhaft würde denn ein Blick auf ihre Lektüreauswahl ausfallen, wenn sich genau zu diesem Zeitpunkt jemand in ihrer Wohnung umsehen würde.

Sie ging ins nächste Zimmer – das Schlafzimmer. „Um Gottes Willen" auszurufen, war ihr erster Impuls. Natürlich war das Bett zerwühlt und der Kleiderschrank offen. Es war ja schließlich die Wohnung eines männlichen Singles. Auf so etwas war sie vorbereitet, sie hatte ja schließlich selbst studiert und nicht nur die Studentenbude ihres Bruders in Gießen betreten.

Aber dass Hans Steinhöfel in Bettwäsche von Bayern München schlafen musste, offenbarte ihr einen von Opportunismus geprägten Charakter, der die eigene Erfolglosigkeit durch Trittbrettfahren – ach, was: Trittbrettschlafen – mit den Abo-Siegern zu kaschieren versuchte. Sie verließ auch diesen Raum und kam schließlich in eine Küche, auf deren Esstisch sie endlich das fand, wonach sie wirklich suchte: den Laptop.

Ein paar lustlose Versuche, das Passwort durch einen Lucky Punch, durch einen reinen Glücksgriff zu treffen, erlaubte sie sich. Sie probierte es mit seinem Geburtsdatum und ließ es nach dem ersten Misserfolg gleich wieder. Danach entschied sie, das am nächsten Tag den Experten zu überlassen. Es gehörte zu den – ihrer Meinung nach – lustigsten Szenen in aktuellen Krimisendungen, wenn die smarten Ermittler einfach nur durch Nachdenken auf das richtige Passwort treffen konnten. Dabei war es selbst dann, wenn man eine Vorstellung von der mnemonischen Assoziationstechnik des Computerinhabers hatte, praktisch unmöglich, die richtige Buchstabenkombination zu erraten. Dabei hatte sie in ihrem Studium gelernt, dass immer noch viel zu viele die einfachsten Passworte wie „12345678" oder „Passwort" benutzten. Aber diese beiden Geheimcodes hatte Hans Steinhöfel offensichtlich nicht verwendet.

Dafür schaute sie sich die papiernen Unterlagen genauer an, die neben dem Laptop aufgestapelt waren. Darunter befanden sich ein paar Computerausdrucke von Webseiten, die die Flugpläne der Flughäfen Frankfurt, Köln-Bonn und Frankfurt-Hahn der letzten Tage auflisteten. Dann gab es noch Seiten mit der URL www.uber.com und Seiten, die von 1&1 gehostet wurden. „Schneller als Taxi – Endaxi" stand da und: „Vom Westerwald direkt in die weite Welt – mit Ihrem privaten Shuttle-Service". Darunter stand eine

Mobilnummer. Sie nahm ihr Smartphone heraus und fotografierte die Seiten, die sie morgen durch die Montabaurer Polizei abholen lassen würde.

Dann schaute sie sich den Quittungsblock an, der – merkwürdig genug – nicht auf dem Esstisch, dafür aber auf dem Mikrowellenofen lag. Quittungen für Fahrten zu den Flughäfen Frankfurt, Köln und Hahn fanden sich darin. Auch Stadtfahrten – wahrscheinlich auch jene, die für ihren blinden Zeugen ausgestellt wurden. 75 Euro für die Fahrt zum Frankfurter Flughafen – da wurde ja sogar schon ein reguläres Ticket der Deutschen Bahn unterboten. Und dann rechnete sie nach: das bedeutete eine komplette Tankfüllung. Für jemanden, der sonst nichts zu tun hatte, wäre das vielleicht sogar lukrativ. Das konnte sich rechnen, wenn man nicht gerade an den Finanzminister dachte.

Fürs Erste hatte sie genug gesehen. So leise und hoffentlich auch so unbemerkt, wie sie gekommen war, verließ sie die Wohnung, das Haus Nummer 15 und schließlich die Herderstraße. Ihrem Navigationsgerät teilte sie mit, dass sie nun nach Hause fahren wollte. „Die Route wird berechnet" versprach ihr die freundliche Stimme, die dann auch sogleich wusste, dass sie „in zweihundert Metern links in die Rossbergstraße" einbiegen sollte.

Der Blinde, Ludwig Furtwängler, Hans Steinhöfel – sie hatte sich heute nur mit Außenseitern befasst, dachte Ann-Barbara Cappell. Torsten Weidenfeller hatte dagegen mit seinem Vater, Gerlinde Bloch und – hoffentlich – mit den Kneipengästen gesprochen. Was für eine perfekte Arbeitsteilung, dachte sie und bog auf die B255 Richtung Koblenz ab. In einer halben Stunde würde sie endlich wieder in einer Wohnung sitzen, die ihr gefiel – ihrer eigenen.

Torsten Weidenfeller hatte sich tatsächlich einen Abstecher ins „Dart Vader" gegönnt. Eben wischte er sich den Bierschaum aus seinem üppigen Oberlippenbart und drehte sich zu dem voll besetzten Tisch um, an dem er seinen alten Schulkameraden Stefan Streller erkannte, als er von der Seite angegangen wurde. Der Mann hatte sich aus der Gruppe der Pfeilwerfer gelöst und sich zu ihm gestellt. „Sie sind der Kriminalinspektor – oder wie man das nennt –, der den Tod von Hans Steinhöfel aufklären soll", sagte er mit einem Akzent, der jedem Wort eine kehlige Schwere verlieh.

Für den Polizisten war nicht ganz klar, ob es sich um eine Frage oder eine Behauptung handelte. Aber in jedem Fall antwortete er: „Ja." Und dann: „Und wer sind Sie?"

„Ich heiße Anton Hübner und bin – oder war – ein Nachbar von diesem Arschloch."

Torsten Weidenfeller überlegte kurz, ob er laut darüber nachdenken sollte, welches Körperteil der Nachbar von einem Arschloch sein könnte, ließ es aber. Stattdessen fragte er: „Und?" Das war im Sinne von: „Und, warum interessiert mich das?"

„Sehen Sie, meine Familie und ich, wir sind direkt aus Kasachstan nach Montabaur in die Sommerwiese gekommen – um dann hier so was zu lesen." Anton Hübner hielt ihm ein Blatt Papier vor die Augen. Es handelte sich um einen Ausdruck der Webseite www.gehtnachhause.de. Darin war aufgelistet, welche Anwohner der Sommerwiese welchen Migrationshintergrund hatten. Dabei galten als „Deutsche reinen Blutes", wer vor dem Zweiten Weltkrieg im östlichsten Montabaurer Stadtteil angesiedelt wurde. Darunter waren Polen, Schlesier, Ostpreußen, Litauer. „Deutsche Aussiedler" oder „Spätaussiedler" wurden diejenigen benannt, die nach dem Zweiten Weltkrieg an der Sommerwiese angekommen waren. Danach folgten Anzahl und Adressen von jenen, die aus dem aufgelösten Jugoslawien den Weg nach Montabaur gefunden hatten. Und schließlich gab es ein Kontingent von als „Russlanddeutsche" bezeichneten Auswanderern aus Kasachstan sehr weit im Osten oder dem Don-Bas fast an der Grenze zur Europäischen Union.

„Und?", mit einer nickenden, aufmunternden Kopfbewegung versuchte Torsten Weidenfeller sein Gegenüber zum Weitersprechen zu bewegen.

„Und was?", antwortete der Mann mit den Papieren in der Hand. „Der Mann hat agitiert."

„Was soll das heißen?"

„Er hat schlechte Stimmung gegen uns gemacht. Die Leute, die nach dem Zweiten Weltkrieg hierher kamen, finden, dass die Kroaten und Bosnier und Kosovaren hier nicht hingehören. Und die Kroaten und Bosnier und Kosovaren wiederum glauben, dass wir hier nicht hingehören."

Stimmt doch auch, dachte Torsten Weidenfeller bei sich, hatte aber zugleich das Gefühl, dass das nicht politisch korrekt sein konnte – und unterließ es, diese Überzeugung laut zu äußern. Stattdessen sagte er: „Aber das ist jetzt eher was fürs Sozialamt oder Ordnungsamt und weniger für die örtliche Polizei, oder?"

„Nun", sagte Anton Hübner und man hörte den schweren russischen Akzent, der durch ein paar Gläser Wodka nicht unbedingt an Leichtigkeit gewonnen hatte. „Ich könnte mir denken, Sie sehen darin ein Motiv."

„Die Polizeiarbeit mache ich!" Torsten Weidenfeller reagierte spontan. Dann registrierte er, dass sein Gegenüber versucht hatte zu argumentieren. „Sie meinen, ich soll verstehen, dass es für die Russlanddeutschen kein Motiv ist, weil es so offensichtlich ist?"

„Ich meine, dass Sie sich die Webseite gut anschauen sollten. Wenn es stimmen würde, was dieser Nazi da verbreitet hat, dann würde die ganze Sommerwiese ein Pulverfass sein: Alte gegen Junge, Kroaten gegen Kosovaren und alle gegen die Russkie Nemcy, die Russlanddeutschen." Anton Hübner wandte sich zur Theke um und nach einer kurzen Geste stand ein neues Glas mit heller Flüssigkeit vor ihm. Vermutlich Wodka, dachte der Polizist, obwohl er sich gleichzeitig eingestehen musste, dass es auch stilles Wasser hätte sein können. Jedenfalls wenn man mit der Nase weit genug wegblieb. „Isch gloobs ooch", sagte er vor sich hin und der Russe musste das auf seine letzte Bemerkung bezogen haben.

„Schauen Sie sich die Seite an. Das ist Volksverhetzung. Da gibt es in Deutschland Gesetze. Insofern wäre es auch etwas für die Polizei."

„Aber das erklärt noch nicht, warum Sie oder Ihre Landsleute oder überhaupt jemand aus der Sommerwiese kein Motiv haben sollte." Für sich notierte er, dass man den Kreis der Russlanddeutschen, Kosovaren oder Bosnier durchaus einmal durchleuchten sollte. Es gab doch offensichtlich innere Konflikte in der Sommerwiese, die sich an so einem „aufrechten Deutschen", wie es Hans Steinhöfel offensichtlich gewesen war, entzünden konnten. „Da müsste man vielleicht einmal richtig aufräumen", dachte er so laut, dass Anton Hübner es hören konnte.

„Dann will ich Ihnen noch etwas zeigen", sagte der und legte einen nächsten Computerausdruck auf die Theke. „Hierbei handelt es sich um die Webseite www.steinhoefeltours.de."

Torsten Weidenfeller schaute auf eine Seite, auf der er jenes Bild wiedererkannte, das er gestern aus der Wohnung des Toten entlehnt und für die Nachbarschaftsbefragung verwendet hatte: Hans Steinhöfel, den einen Arm zum Fahrerfenster hinausgelehnt, am Steuer seines roten VW Golf. Darunter befand sich ein kurzer Werbetext und dann eine Eingabeaufforderung: Wer, Wann, Von wo, Wohin. Und eine Download-Möglichkeit für eine App, mit der man diese Anfrage auch mobil absenden konnte. „Fragen Sie mal die Leute da am Tisch", forderte Anton Hübner den Polizisten auf. „Am Bahnhof hat es in der letzten Zeit wieder heiße Szenen gegeben, wenn Steinhöfel seine Kunden aufgegabelt hat und die Taxifahrer dort drüben in die Röhre geguckt haben."

Torsten Weidenfeller begriff, dass der Tote offensichtlich ein florierendes Taxigeschäft ohne Gewerbeschein und Taxilizenz unterhalten hatte. Ihm wurde bewusst, dass er den Laptop des Verstorbenen bei seinem gestrigen Besuch in der Wohnung überhaupt nicht beachtet hatte. Es gab auch zunächst keinen ersichtlichen Grund dafür, auf einem Computer einen Hinweis dafür zu finden, warum dessen Besitzer tot hinter einer Plakatwand hing. Für ihn war Hans Steinhöfel zu jenem Zeitpunkt einfach jemand gewesen, der sich mit viel Pech an eine Mauer gelehnt hatte. Allmählich wurde ihm deutlich, dass es eine ganze Menge Motive gab, um das alte Scheusal, das er ja möglicherweise gewesen war, um die Ecke zu bringen – oder über die Mauer, um im Bild zu bleiben.

„Das ist noch nicht alles", sagte Anton Hübner jetzt und legte einen dritten Ausdruck vor Torsten Weidenfeller auf die Theke. „Das ist eine Kopie einer Facebook-Seite, auf der eine Reihe von Fotos aus Montabaur verbreitet wird. Hier, sehen Sie", der Mann aus Kasachstan zeigte auf ein Foto, auf dem ein blauer BMW M3 im Kreuzungsbereich der Tonnerrestraße hinter der Agentur für Arbeit abgestellt worden war. „Oder hier": Ein silberfarbener Audi A3 stand vor einer Bäckerei an der Alleestraße und versperrte sowohl Fußgänger- als auch Radweg. „Und so weiter": Ein schwarzer Mercedes CLS parkte vor dem historischen Rathaus in der Fußgängerzone und behinderte nicht nur die Passanten, sondern auch die Besucher der Eisdiele Cipriani, die an diesem offensichtlich warmen Frühlingstag ihr erstes Eis draußen konsumieren wollten.

„Hunderte Fotos hat er gepostet", sagte Anton Hübner. „Auch wenn ich finde, dass er irgendwie Recht hatte, als er diese absichtlich falsch geparkten Bonzenautos in der Öffentlichkeit denunzierte – Freunde wird ihm das nicht gemacht haben, nicht einmal beim Ordnungsamt, die jeder Anzeige, die mit den Posts ja verbunden waren, nachgehen mussten. Und Hans Steinhöfel hat die Bilder immer so gemacht, dass die ganze Welt den Halter am Kennzeichen ermitteln konnte, wenn sie interessiert genug waren."

Torsten Weidenfeller sah das ein. Damit wird sich der Tote ebenso viele Freunde wie Feinde gemacht haben. Er nahm die Internet-Auszüge an sich, steckte sie in die Brusttasche seines Jacketts und sagte: „Danke, Herr Hübner, dass Sie sich die Mühe gemacht haben. Aber jetzt mal was ganz anderes: Wie war denn eigentlich ihr persönliches Verhältnis zueinander? So als Nachbarn, meine ich."

„Wir haben uns am besten gar nicht gesehen", sagte Anton Hübner ohne Umschweife. „Und fragen Sie ruhig die anderen. Wir machen das alle so. Nicht nur mit diesem

Nazi, oder was auch immer er war. Sondern mit allen, die uns feindlich gegenüber stehen. Also auch mit den Weltkriegs-Siedlern, mit den Kroaten, Bosniern, Kosovaren …" Er machte eine kleine Geste und schon stand wieder eines dieser Gläser mit durchsichtiger Flüssigkeit vor ihm. Er nahm das Glas und leerte es in einem Zug. Dann holte er ein weiteres Blatt aus einer Lederjacke. „Ich hab noch was für Sie", sagte er und legte ihm eine weitere Facebook-Seite hin. Torsten Weidenfeller schaute auf mehrere Bilder, auf denen Taxis an unterschiedlichen Standorten zu erkennen waren. Fahrzeuge aller drei in Montabaur akkreditieren Unternehmen waren darauf zu sehen, wie man an den Buchstaben auf den Kfz-Kennzeichen und der Fahrzeugwerbung erkennen konnte. Was die Bilder interessant machte, war die Tatsache, dass keiner der Standorte in Montabaur zu sein schien. Man erkannte die Bahnhöfe von Siegburg, Limburg, Koblenz und Frankfurt sowie den Kölner und den Frankfurter Flughafen. „Ja, und?", fragte er jetzt und schaute über die Schulter zu den Taxifahrern, die in ihrer Ecke weit ab von den Russlanddeutschen saßen, untereinander mit hochgezogenen Schultern tuschelten und von Zeit zu Zeit zu den beiden an der Theke blickten, ohne sich allzu viel Interesse anmerken zu lassen. „Und?", fragte er erneut.

„Sie müssen verstehen, dass es die drei Taxiunternehmen nicht gerade angenehm fanden, dass Hans Steinhöfel ihnen mit einer eigenen Firma ohne Transportschein, ohne Lizenz und wahrscheinlich auch ohne Steuerkarte Konkurrenz machte." Er fixiert seinen Gesprächspartner jetzt mit seinen wässrigen blauen Augen. „Aber sie konnten nur wenig dagegen tun." Er drehte sich um und schaute auf die Fahrer in ihrer Ecke. „Und dann hat er angefangen, sie anzuzeigen,

wenn sie an anderen Orten Fahrgäste eingeladen haben." Er schaute den Polizisten an. „Das ist eines von euren komplizierten Gesetzen. Man darf einen Gast an einen anderen Ort fahren, aber man darf dann keinen anderen Gast einladen. – Absurd. Die anderen Taxiunternehmen wollen ihr Gebiet schützen." Dann winkte er erneut nach einem Glas. „Wir in Russland würden sagen: Ein klassischer Interessenskonflikt in einem Oligopol."
„Und den würdet ihr durch einen Mord lösen?"
„Wo denken Sie hin! Wir würden das bei einem Besäufnis klären." Damit hob er sein Glas und sagte endlich: „Sa sdorovje."
„Na sdorovje", antwortete Torsten Weidenfeller und hob sein halbvolles Glas Bier. Doch Anton Hübner schüttelte den Kopf und wiederholte: „Sa sdorovje – mit ‚na' wäre es polnisch."
„Wissen Sie was", fuhr er fort, nachdem sie beide ihr Glas geleert hatten. „Wir sind keine Russen, sondern Deutsche, selbst das Wort Russlanddeutsche klingt uns zu russisch. Ob Sie es glauben oder nicht. Wir sagen auch ‚Ein Prosit der Gemütlichkeit'." Damit bestellte er noch eins.
„Du hast ja schon Bruderschaft getrunken mit unseren russischen Freunden", sagte jetzt Stefan Streller, der von seinem Tisch aufgestanden war und sich zu den beiden an der Theke gesellte. Sein alter Schulkamerad schlug ihm auf die Schulter. „Na, bravo!"
Torsten Weidenfeller sagte erst einmal nichts.
„Wir praktizieren hier die deutsch-russische Freundschaft", sagte der Taxiunternehmer und legte dabei seinen Arm um die Schulter des Deutsch-Russen, der allerdings deutlich größer und breiter war, was die Bewegung weniger wie eine

Freundschaftsgeste aussehen ließ, sondern schon eher wie einen Kampfgriff im griechisch-römischen Stil. „Seit die Taxiklause am Kleinen Markt geschlossen wurde, hatten wir kein Stammlokal mehr. Kein Platz im Gereon, kein Platz am Rebstock – und hier mit dem Parkplatz vor der Tür sind wir eigentlich bestens versorgt." Dann machte er eine Geste durch den kleinen Raum. „Aber du siehst ja selbst – weites Russland ist das hier nicht. Da müssen wir uns halt arrangieren."

Die Taxiklause war eine alte, düstere Eckkneipe gewesen. Unmittelbar gegenüber dem Taxihalteplatz am Kleinen Markt war sie Versorgungsstelle und Umschlagplatz für so ziemlich alles, was die Fahrer bei ihren kurzen Abstechern zwischen zwei Fahrten oder einem kleinen Päuschen beim Warten auf den nächsten Fahrgast in den flauen Tageszeiten zu erledigen hatten. In einer Zeit ohne Mobiltelefone diente sie als Nachrichtenbörse und Einsatzzentrale.

In seiner Anfangszeit bei der Polizeiinspektion in Montabaur hatte Torsten Weidenfeller mehrere unangemeldete Besuche in der alten Taxiklause machen müssen. Er erinnerte sich, dass man von draußen eintretend kaum etwas erkennen konnte in diesem ewig abgedunkelten Raum, der von einer Rundtheke im Zentrum beherrscht wurde. Oder genauer vom alten Willi Streller, der sich hinter der Theke aufgebaut hatte, nachdem er das Lenkrad seines Taxis mit dem Zapfhahn seiner Kneipe vertauscht hatte. Von hier aus regierte er über Telefone, Faxgeräte, die Fahrzeugflotten der drei in Montabaur ansässigen Taxiunternehmen, gemeinsame Schichtpläne, Gebietsansprüche, Stammkundschaft – und nicht zuletzt über die Verbindungen zum Stadtrat, wo über die Vergabe von Taxilizenzen und Gebühren befunden wurde.

Doch irgendwann war Schluss damit, weil mehrere Dinge zusammenkamen. Einer der drei Taxiunternehmer hatte beschlossen, dass mit Kurierfahrten mehr zu verdienen war, vorausgesetzt, die zu überbringenden Briefumschläge enthielten jenes feine, weiße Pulver, hinter dem die Kokser so sehr her waren. Willi Streller musste feststellen, dass er über Jahre hinweg unwissentlich als Drogenverteiler fungiert hatte, indem er, naiv wie er war, kleine Umschläge entgegengenommen und an die Fahrer weitergereicht hatte. Es hatte ihn viel Überzeugungsarbeit gekostet, seine Unschuld zu beweisen. Überzeugungsarbeit und Nervenstärke – aber die Nerven hatten schließlich versagt, und ein Totalzusammenbruch hatte ihn aus der Taxiklause direkt in die Notaufnahme, von dort auf die Intensivstation und vom Krankenhaus in die Rehaklinik befördert – und schließlich war er als Bewohner des Altenheims an der Dillstraße wieder in Montabaur angekommen.

In der Zwischenzeit hatte sich vieles verändert in Montabaur. Die Taxiklause war geschlossen worden, diente zwischenzeitlich als Ausstellungsraum für Keramikarbeiten aus dem Kannenbäckerland und hatte schließlich den Weg eingeschlagen, der für viele Ladenlokale in der Innenstadt unvermeidbar schien: erst gab der alteingesessene Geschäftsinhaber auf, dann prangte ein Maklerschild im Schaufenster, dann wurden die Ausstellungsräume zweckentfremdet – oder durch Sonnen- und Nagelstudios ersetzt. Und schließlich schauten den Passanten in der Bahnhofstraße und Kirchstraße nur noch die leeren Augen eines verdunkelten Schaufensters an.

Denn das Lebenszentrum der Stadt begann sich allmählich vom Stadtkern an den Stadtrand beziehungsweise von der

Fußgängerzone zum ICE-Bahnhof zu verlagern. Dreimal schon musste der Parkplatz am neuen Bahnhof erweitert werden, um die Autos der Pendler aufnehmen zu können, die täglich oder zumindest wöchentlich aus dem Westerwald in die Dienstleistungszentren Köln, Bonn, Frankfurt, Wiesbaden oder Mainz fuhren. Und damit hatte sich auch für die Taxiunternehmen das Geschehen verlagert. Die Schlagader, über die der Personentransport pulsierte, verlief nicht mehr am Kleinen Markt oder am Konrad-Adenauer-Platz vorbei, sondern an der Bahnstraße direkt vor dem ICE-Bahnhof, der zudem durch immer weitere Dienstleistungsgebäude zu einem neuen Knotenpunkt der Verbandsgemeinde Montabaur geworden war.

Und mit der Verbesserung der mobilen Infrastruktur war auch keine zentrale Nachrichtenstelle mehr notwendig. Die Funkfrequenzen, über die zu Willi Strellers Zeiten die Fahrten an die Fahrer vergeben worden waren, waren längst gekündigt. Die Nummern der Taxiunternehmen waren auf Smartphones umgeschaltet, das Auto selbst war zugleich Kommunikationszentrale, Büro und mitunter auch Schlafzimmer.

Torsten Weidenfeller beschloss, nicht mehr länger im Dienst zu sein und bestellte ein zweites Bier. „Lass uns Pfeile werfen, Stefan", sagte er zu seinem alten Schulkameraden, griff sich das Bier und ging auf die Gruppe der Dart-Spieler zu.

„So einfach ist das nicht. Heute ist Russentag. Morgen ist Taxitag. Wir haben das genau geregelt."

„Aber er ist weder Russe noch Taxifahrer." Anton Hübner hatte sich umgewendet und begrüßte die beiden in „seiner Ecke". „Ich lade euch beide zu einem Spiel ein. – Mal sehen, ob die Polizei ins Schwarze trifft."

Freitag

Oberstabsarzt Dr. Godehard Bloch trug Uniform, als er an diesem Freitagmorgen von seiner direkt über dem Rhein gelegenen Wohnung ins Bundeswehrzentralkrankenhaus nach Koblenz fuhr. Dort wurde heute hoher ministerieller Besuch erwartet und deshalb war Großer Dienstanzug befohlen. Der Äskulapstab mit doppelt gewundener Schlange auf dem Schulterstück wies ihn als Arzt des Heeres aus. Üblicherweise erschien er in der wahren Arbeitskleidung eines Halbgotts in Weiß: weiße Clogs, weiße Chinos mit farbigem Gürtel, weißes Polo-Shirt und weißem Arztkittel. Der Arzt trägt alles weiß, weil er alles weiß.

Er war spät dran, denn gerade als er seinen Wagen aus der Garage holen wollte, war ein blauer Lieferwagen vor der Einfahrt zum Stehen gekommen. Heraus sprang ein junger Mann, dem die Eile aus jeder Pore strömte. „Ruhig, ruhig", ermahnte ihn der Arzt. „Sie wollen doch alt werden, oder?" Der Mann hielt ihm ein Paket entgegen und, nachdem Bloch es an sich genommen hatte, ein mobiles Gerät mit einem Plastikstift. Um den anzunehmen, musste Bloch sich das Paket zwischen die Beine klemmen. Dann schrieb er unleserlich, weil der Stift unkontrollierbar über das Display des Mobilgeräts rutschte: „Dr. Godehard Bloch." Das Paket hatte er auf den Rücksitz seines Wagens geworfen, war eingestiegen, hatte den Motor angelassen und gewartet, bis der eilige Bote die Einfahrt wieder frei gemacht hatte.

Er wusste, dass er während des Ministerbesuchs nur Staffage war. Orthopäden standen nicht ganz so im Mittelpunkt wie die Unfallchirurgie, die Neurochirurgie oder die Herz- und Gefäßchirurgie, deren Expertise weltweit anerkannt war und die

bei Bodeneinsätzen der NATO regelmäßig verwundete Soldaten aus den Kriseneinsätzen auf den Tisch bekamen. Er selbst hatte erst lange Zeit nach den Kriseneinsätzen mit Spätfolgen bei den Soldaten zu kämpfen. Meistens waren es Prothesen aller Art, die er nach Amputationen anpassen musste. Immer häufiger gehörten dazu aber auch mysteriöse Körperschmerzen, deren Herkunft in der Regel psychosomatischer Natur war. Fibromyalgie, eine weltweit noch kaum akzeptierte Diagnose, konnte oftmals als Nachfolgeerscheinung von Stresssituationen auftreten, denen die Soldaten bei ihren Einsätzen ausgeliefert waren. Erst ganz allmählich gehörten diese Phänomene – wie auch das Posttraumatische Stress-Syndrom – zu Krankheitsbildern, mit denen sich die Bundeswehr und andere Streitkräfte auseinandersetzen sollten.
Bloch wünschte sich, dass er die Ministerin, immerhin selbst Ärztin, noch stärker für diese Themen interessieren könnte. Sie hatten das in der „kleinen Lage" angesprochen, wie die Besprechungsrunde unter Ärztekollegen in Anlehnung an die Zusammenkünfte in Krisenstäben des Kanzleramts schmunzelnd genannt wurde. Und man hatte genickt. Aber im Vordergrund standen doch die Investitionen im Zusammenhang mit MedEvac, dem globalen Einsatzszenario für den Rücktransport verletzter Personen aus unsicheren Gebieten. Vor einem Monat hatten sie verletzte ukrainische Soldaten mit der eigens umgebauten Airbus 310 nach Köln/Bonn und schließlich nach Koblenz gebracht. Auch bei diesen Patienten hatte Bloch posttraumatische Symptome beobachtet, die den Bewegungsapparat der Soldaten beeinträchtigten. Nun, man würde also sehen.
Während er an einer Ampel wartete, schaute er auf den Rücksitz, um sicherzugehen, dass er die entsprechende

Präsentation, mit der er über seine Erfahrungen bei psychosomatischen Spätfolgen nach Kriegseinsätzen berichten konnte, auf dem Rücksitz liegen hatte. Dabei fiel ihm das Paket wieder ein und er begann sich zu fragen, was da eigentlich drin sein sollte. Er hatte nichts bestellt – und der Absender sagte ihm nichts. Irgendeine Elektronikfirma.

Er kam gerade rechtzeitig, um sich zu der Gruppe von Ärzten zu gesellen, die als Kulisse für die Begrüßungszeremonie durch den Direktor des „NATO Centre of Excellence for Military Medicine" und den Chefarzt des Bundeswehrzentralkrankenhauses diente. Die Ministerin machte deutlich, dass sie auf einer Mission sei, alle technischen Bestandteile der Bundeswehr und vor allem die Beschaffungsmechanismen und Neuprojekte unter die Lupe zu nehmen. Hier aber, da sei sie sich sicher, werde Exzellentes geleistet. Und das in einem Zusammenhang, von dem auch die Zivilbevölkerung profitierte – schließlich sei dieses Krankenhaus auch zentrales Element der Unfallversorgung in Rheinland-Pfalz „und darüber hinaus". Die Ärzte rund um Dr. Bloch nickten – nicht nur, weil es stimmte, was die Ministerin da von sich gab, sondern weil es auch jeder wusste.

Dann wollte die Ministerin doch tatsächlich an einem der Betten mit einem schwerverletzten ukrainischen Soldaten gesehen werden. Und natürlich hatte man das vorausgesehen und alles vorbereitet. Bloch spürte, dass sein Handy vibrierte und ließ sich in der Entourage immer weiter zurückfallen, bis zwischen ihm und der Ministerin mindestens eine Ecke im Labyrinth der Krankenhausgänge lag, nahm das Telefon aus der Hosentasche und schaute auf das Display. „Tante Bloch" leuchtete da auf.

Er betätigte das grüne Feld für „Telefonat annehmen" und krümmte sich über das Handy. „Tante Gerlinde – ich bin mitten im Ministerbesuch."

„Du musst ja nicht drangehen", antwortete seine Tante trocken. „Aber wenn du drangehst, brauchst du mich nicht zurechtzuweisen." – Und dann: „Ist die Drohne angekommen?"

Die Drohne. Jetzt wusste Bloch, was er da auf seinem Rücksitz ins Krankenhaus eingeschleust hatte. Weil er nichts sagte, fasste seine Tante nach: „Hattest du schon deinen Entjungferungsflug?"

„Jungfernflug", korrigierte er sie mechanisch, bekam aber zu hören: „Ja, dann datt."

„Und ich weiß auch nicht, wann ich" – er stutzte einen Moment: Konnte eine Drohne einen Jungfernflug absolvieren, also rein semantisch gesehen? „Ich weiß nicht, wann ich dazu kommen soll. Die Ministerin ist hier – ich werde ihr präsentieren." Er errötete leicht, weil das nun wirklich etwas übertrieben war.

Aber seine Tante ließ sich nicht beeindrucken: „Komm in de Schuh, Godi. Der Josef Weidenfeller hat gesagt, der Torsten hat gesagt, der Bauhof geht heute in den Hang."

Godehard Bloch hob verzweifelt den freien Arm. „Tante Gerlinde, ich weiß überhaupt nicht, wovon du sprichst."

Sie erklärte es ihm. Ihr Neffe stiefelte derweil im langsamen Schritt hinter der Gruppe seiner Kollegen her, die sich um die Ministerin und den obersten medizinischen Qualitätsbeauftragten der NATO scharrte. Während vorne über mögliche Konsequenzen aus den jüngsten Krisen in der Ukraine, Syrien, im Jemen oder an der Flüchtlingsfront im Mittelmeer gesprochen wurde, die sämtlich Auswirkungen auf die Einsatzpläne des Bundeswehrzentralkrankenhauses

haben konnten, füllte Godehard Blochs Tante ihn mit dem neuesten Todesfall aus Montabaur ab. „Und deshalb müssen wir heute noch die Drohne im Hang einsetzen. Vastiehs de mesch?"
„Ich weiß überhaupt nicht, wie man so ein Ding navigiert, Tante Gerlinde."
„Ich denke, ihr habt Erfahrungen mit Drohnen bei eurer Reichswehr", antwortete die. „Wie hieß das Ding noch – Eurohacke?"
„Tante, ich bin Orthopäde! – Ich kann Knochen einrenken, aber nicht auf ein Ziel einschwenken", Godehard Bloch musste über seinen eigenen Reim lachen.
Als Antwort bekam er nur noch zu hören: „Trallafitti! Öm drei Uhr bess dau dò." Dann legte Gerlinde Bloch auf und nickte ihrem Zimmernachbarn zu. „So. Der weiß Bescheid."
Sie war eben ein Tatmensch. Und deshalb suchte und fand sie in Josef Weidenfeller auch schon das nächste Opfer ihres Aktivismus. „Jetzt sach dem Torsten, ett hätt noch Zeit."
„Gerlinde, ich kann doch nicht die Polizeiarbeit behindern."
Ihr Zimmernachbar hatte kein Handy in der Hand, deshalb konnte er aus lauter Verzweiflung beide Hände heben. „So geht das nicht!"
„Wohl geht das", antwortete die und ihre ganze Körperhaltung signalisierte ihrem Gegenüber, dass dies das letzte Wort in der Sache war. „Un isch jeehn nach'm Café Görg." Damit war sie aus der Tür und ließ ihn neben dem Telefon zurück. Josef Weidenfeller schaute auf das Gerät und überlegte, wie er das seinem Sohn überhaupt vermitteln konnte. Was dachte sich die Gerlinde eigentlich. Dass er jetzt zu seinem Sohn sagen sollte: „Pass auf, Torsten. Es passt uns nicht so ganz in den Kram, wenn der Bauhof jetzt am Sauertal in den

Hang geht." Er sagte sich den Satz laut vor, um zu hören, wie er im Raum verklang. Es klang eigentlich gar nicht so abwegig, dachte er. Man müsste nur erklären, warum. „Torsten. Wir beseitigen möglicherweise mehr Spuren als wir finden, wenn der Bauhof da mit schwerem Gerät ..."
Er beschloss, nicht anzurufen, sondern die wenigen hundert Meter von der Seniorenresidenz zum Parkplatz an der Judengasse zu gehen, um dort auf seinen Sohn zu warten. Vor Ort würde man alles klarer sehen.
Schon von weitem hörte er, dass er zu spät kommen würde. Unverkennbare Geräusche einer Kettensäge tönten ihm schon in der Grünanlage hinter St. Peter in Ketten entgegen. Das stets nur kurz aufheulende Geräusch der Säge, unterbrochen von längerem Getucker im Leerlauf, signalisierte ihm, dass die Stämme der Pappeln und Birken nur wenig Widerstand leisteten, während es ein größeres Unterfangen war, die abgeholzten Teile dann aus dem Hang zu ziehen.
Oben am Parkplatz hatte sich wieder eine Gruppe Schaulustiger gebildet. Josef Weidenfeller konnte sehen, dass sich die Mitarbeiter des Bauhofs von unten in den Hang vorarbeiteten. Hinter der Plakatwand, dort, wo man vor zwei Tagen den toten Hans Steinhöfel gefunden hatte, war die Strecke bereits weitgehend leer. Holzstaub lag in meterlangen Fontänen im Hang und auf dem asphaltierten Belag der Sauertalstraße.
Plötzlich erstarb der Motorenlärm. Dafür wehte der Wind eine dünne Stimme an sein Ohr: „Sind Sie wahnsinnig? – Hier laufen Polizeiermittlungen und Sie machen Gärtnerarbeit?" So schnell er konnte, machte sich der Alte auf den fünf Minuten langen Weg vom Parkplatz zum Fundort der Leiche, wo jetzt der Mitarbeiter des Bauhofs mit gesenkter

Motorsäge und hilfloser Geste einer Frau in Jeans-Anzug erklärte, was er da machte.

Doch Ann-Barbara Cappell war völlig aus der Fassung. „Vor zwei Tagen wurde hier eine Leiche gefunden, wie Sie vielleicht wissen. Und die Ermittlungen sind noch nicht abgeschlossen. Das wissen Sie vielleicht auch. Und was machen Sie? Sie richten hier ein Kettensägen-Massaker an!"

„Ich erledige nur den Auftrag der Polizei", antwortete der Mann, der in Schutzkleidung und Helm mit Visier wie ein Außerirdischer wirkte – und sich jetzt auch so fühlte, denn er verstand gar nichts mehr. Vor ihm stand eine junge, nicht besonders große Frau und hielt ihm ihren Dienstausweis entgegen. Polizei Koblenz – war das jetzt mehr als Polizei Montabaur?, überlegte er. „Aber wir haben doch den Auftrag von der Kriminalpolizei bekommen, hier klar Schiff zu machen."

„Wann?" Die Frau fauchte diese Frage wie eine Löwin, die ihre Jungen verteidigt.

„Heute Morgen."

„Von wem?" Noch ein Fauchen.

„Ja, das weiß ich auch nicht so genau. Kriminalhauptkommissar Weidenfeller, würde ich mal sagen."

Die Polizistin machte ihm ein Zeichen, still zu sein. Vorerst hatte er genug gesagt, da stimmte er der Frau zu. Die nahm ihr Handy aus der Handtasche und wählte eine Kurzwahlnummer. Dann wandte sie sich ab. Aber nach kurzer Zeit wurde das Gespräch so laut, dass alle Umstehenden – inzwischen auch Josef Weidenfeller – den von der Frau gesprochenen Teil der Unterredung ohne weiteres verfolgen konnten.

„Was soll das heißen – um den Hang besser in Augenschein nehmen zu können?", rief die Kommissarin in ihr

Mobiltelefon. „Herr Weidenfeller – mit dieser Aktion vernichten Sie doch mehr Spuren als wir neue hinzugewinnen können." Dann hörte sie wieder auf eine Antwort ihres Gesprächspartners, um dann erneut in noch größerer Lautstärke loszulegen. „Wir haben noch keinen endgültigen Befund der Gerichtsmedizin, welche Wunde schließlich den Tod herbeigeführt hat. Das aber entscheidet ganz erheblich darüber, in welche Richtung wir ermitteln müssen." Wieder stockte sie, um sich anzuhören, was ihr Montabaurer Kollege dazu zu sagen hatte. Dann: „Und wir haben – und Sie haben – noch nicht einmal genau den Weg verfolgt, den das Opfer genommen hat." Wieder Pause. „Astbruch, Blutspuren – alles das wird jetzt durch den Bauhof vernichtet."
Josef Weidenfeller fühlte sich zwischen Baum und Borke. Der Gesprächspartner, mit dem die junge Kommissarin da ins Gericht ging, war sein Sohn. Aber was sie sagte, leuchtete ihm nicht nur ein, sondern sorgte auch für den Aufschub, den seine Zimmernachbarin von ihm gefordert hätte. Er unterdrückte den Impuls, der Frau das Handy aus der Hand zu reißen, um seinem Sohn zuzurufen: „Torsten, hör auf deine Kollegin!"
Aber offensichtlich hörte sein Sohn auf seine Kollegin. „Was ich vorschlage? Ich schlage vor, dass wir zunächst einmal den Hang in aller Ruhe von oben nach unten begutachten." Wieder Pause. „Nein, die Spusi hat nur den unteren Teil des Hangs rund um den Fundort untersucht. Die sind mit den Leitern doch gerade mal …"
Ihr Kollege auf der anderen Seite schien erneut zu argumentieren. Dann schnappte Ann-Barbara Cappell nach Luft und legte erneut los. „Gestern – war es gestern? – haben wir beide noch Spekulationen angestellt, wie das Opfer über den

Zaun abgegangen ist. Sie hatten sogar vorgeschlagen, dass der Körper geworfen worden sein könnte. Und jetzt wollen Sie dieser Frage nicht mehr nachgehen, weil die Suche nach dem Tatwerkzeug dringender geworden ist?"
Wieder gab es eine Pause. „Dann verlange ich, dass Sie einen Suchtrupp von oben in den Hang schicken. Wenn der Bauhof das kann, sollen sie das machen. Wenn nicht, rufen wir das THW." Und dann kam wieder eine Pause. „Das hätte schon längst geschehen müssen."
Sie lauschte noch einen kurzen Moment in ihr Mobiltelefon und unterbrach dann die Verbindung. Schwer atmend schaute sie erst in den Hang, dann hinauf zur Stadtmauer, wo hinter dem Zaun eine Reihe von Schaulustigen schweigend stand. Dann schaute sie sich um, sah Josef Weidenfeller und andere Zeugen ihres Wutausbruchs und wandte sich schließlich an den Mitarbeiter des Bauhofs. „Sie können einpacken. Ihr Einsatz ist vorerst vorbei. Oder können Sie sich von oben abseilen?"
Nein, der Mitarbeiter wollte sich nicht von oben abseilen, aber vor allem von diesem Epizentrum polizeilicher Wut weg. Er packte seine Motorsäge auf die Pritsche des kleinen Nutzfahrzeugs und machte sich davon. Der Bauhof befand sich direkt neben der Feuerwehr, aber mit dem winzigen Elektrokleinlaster in Signalorange kam er auch zwischen den Absperrungen zur Eichwiese hindurch. Die große Runde über die Alleestraße sparte er aus. Er war einfach nur froh, sich in Sicherheit gebracht zu haben.
Josef Weidenfeller kehrte um. Er wollte ins Café Görg, um seiner Zimmernachbarin die jüngsten Ereignisse zu berichten. Und natürlich wollte er ihr gegenüber andeuten, dass er, Josef Weidenfeller, den Einsatz gestoppt hatte. Zur

Sicherheit rief er, ächzend wegen des steilen Anstiegs am Sauertal, seinen Sohn im Büro an. Der war nicht bester Stimmung, bestätigte aber, dass jetzt das Technische Hilfswerk mit Bergsteigerausrüstung von oben den Hang absuchen würde. „Du verstehst", erklärte er seinem Vater: „Wir müssen Klarheit über den Fallweg haben." Dann holte er tief Luft. „Die können aber erst heute Nachmittag ausrücken."
Besser konnte die Nachrichtenlage für Josef Weidenfeller nicht sein. Er war zuversichtlich, dass Gerlinde Bloch zufrieden mit ihm sein würde. Und das war für sein weiteres friedliches Leben in der Seniorenresidenz entscheidend. Jetzt musste nur noch deren Neffe rechtzeitig eintreffen.

Dr. Godehard Bloch traf rechtzeitig ein – noch immer im Großen Dienstanzug. Und das geöffnete Paket auf dem Rücksitz ließ erwarten, dass die Drohne zumindest schon mal zusammengebaut war. Wie viel Flugerfahrung und Geschick der Mann hatte, müsste sich erst noch herausstellen.
„Tante Gerlinde", rief Godehard Bloch, als er den Wagen vor der Seniorenresidenz abgestellt hatte. „Du bringst mich in Teufels Küche. Ich vernachlässige meine Patienten, um mir meine Zeit mit einem Spielzeug zu vertreiben, von dem ich gestern noch nicht einmal wusste, dass ich es mir wünsche."
Dann hielt er das kleine weiße Gerät mit seinen vier Rotoren hoch und fügte hinzu: „Aber ich muss sagen: Nur Fliegen ist schöner. – Ein geiles Gefühl!"
„Junge, sag nicht solche Sachen." Gerlinde Bloch schloss ihr Zimmer ab, drehte sich zu ihrem Neffen um und entfernte ein nicht vorhandenes Staubfädchen von seiner Uniform. „Am besten ist, du bekommst noch ein bisschen Flugpraxis." Daraufhin marschierte sie in den Park zwischen

Seniorenresidenz und Kirche – ihren Zimmernachbarn und ihren Neffen sowie eine Drohne im Schlepptau. „Nu, zeisch mal watte de kanns."

Die ersten Flüge waren ein wenig holperig. „Klimpere doch nicht so hektisch an der Konsole rum", ermahnte ihn seine Tante. „Das kann doch nicht so schwer sein."

Mit jedem Mal wurde es besser. Die Drohne flog elegant einen Bogen um die große Eiche im Zentrum des Parks, blieb genau auf Abstand zu den Zweigen und hielt die Höhe überm Boden. Langsam gingen die drei zur Judengasse, während die Drohne mit immer größerer Sicherheit vor ihnen herschwebte. „Ich hab einen Ersatzakku dabei", strahlte Godehard Bloch, der allmählich Feuer fing. „Danke, Tante, für das schöne Weihnachtsgeschenk." Sie hielt ihrem Neffen ihre Wange hin, um sich küssen zu lassen.

Am Parkplatz angekommen, stellten sie fest, dass das Technische Hilfswerk bereits an der Arbeit war. Noch allerdings war niemand im Hang unterhalb der Stadtmauer. Die freiwilligen Helfer waren mit zwei Fahrzeugen angekommen und hatten ihre halbe Ausrüstung auf dem Asphalt rund um das Schiffchen, dem Turm auf der Spitze der Stadtmauer, verteilt. Zwei THW-Angehörige hatten bereits das Geschirr untergeschnallt und machten sich bereit, sich links und rechts von dem kleinen Türmchen abzuseilen.

Godehard Bloch schaltete die Kamera ein, setzte die Drohne auf dem Asphalt ab und startete die Rotoren. In wenigen Sekunden hatte sich das Fluggerät auf fünf Meter über Grund erhoben und surrte über den Köpfen der Akteure und Schaulustigen hinweg. Der Einsatzleiter schaute kurz hoch, erkannte das Gerät und suchte die Umstehenden nach dem Piloten ab. Dann ging er auf die drei los und brüllte.

„Schalten Sie das ab. Dies ist keine Übung, sondern ein Bergungseinsatz." Dann wurde er etwas unsicher, als er erkannte, dass der Drohnenpilot ein hochrangiger Offizier der Bundeswehr war. Er salutierte reflexartig und sagte mit deutlich weniger Nachdruck als zuvor: „Bitte behindern Sie die Bergungsarbeiten nicht, Herr Major."
Der Oberstabsarzt kam gar nicht zu einer Antwort. „Wir dürfen datt", widersprach Gerlinde Bloch. Und Josef Weidenfeller unterstützte sie. „Das ist ja gar kein Bergungseinsatz. Ich weiß doch, wofür mein Sohn Sie angefordert hat." Aber der Hobbypilot Bloch winkte ab und ließ die Drohne vor sich niedersinken. Er hob sie auf und sagte. „Bleibt ihr mal hier oben. Ich denke, das Ding lässt sich von unten sowieso besser lenken." Damit machte er sich auf den Weg zum Sauertal.
Noch ehe er bei der Menge der Schaulustigen angekommen war, ließ er die Drohne steigen und brachte sie in Position in halber Höhe der Stadtmauer. Soeben waren die beiden THW-Helfer über den Zaun und die Mauer gestiegen und brachten sich im Seil hängend in Rückenlage, um so Schwung holend und das Seil nachlassend Stück für Stück die Mauer und den Felsen hinabzuklettern. Langsam ging das, denn die beiden untersuchten dabei Quadratmeter für Quadratmeter das Gebüsch. Godehard Bloch ließ die Drohne drei, vier Meter hinter ihnen schweben. Die eingeschaltete Kamera schaute ihnen gewissermaßen bei der Arbeit über die Schulter.
Von oben brüllte der Einsatzleiter erneut. Unten löste sich eine Frau aus der Menge und eilte auf den Drohnenpiloten zu. Ann-Barbara Cappell hatte ohnehin schon genug Hals wegen der dämlichen Aktion des Bauhofs am Morgen, wegen der

Auseinandersetzung nach der Durchsuchung der Steinhöfelschen Wohnung im Alleingang und wegen der schwierigen Motivlage, nachdem ihr Kollege seine Erkenntnisse aus dem gestrigen Kneipenbesuch offengelegt hatte. Und jetzt fummelte auch noch dieser Idiot mit seiner Fernsteuerung hier herum.
„He, Sie. Das geht aber nicht. Das ist ein Polizeieinsatz." Sie baute sich vor ihm auf, als der Mann eben den Blick senkte. Er war mit den Augen wie gebannt seinem Fluggerät gefolgt – und schaute jetzt mit einer Unschuldsmiene auf die junge Frau vor ihm. Dann veränderte sich sein Blick: „Frau Cappell", rief er aus. „So sehen wir uns wieder. Erinnern Sie sich? Vor einem halben Jahr in der Rhein-Mosel-Halle ... Der tote Kontrabassist."
Die Kriminalkommissarin verlor für einen Moment die Fassung. „Bloch, nicht wahr?" Dann fasste sie sich wieder. „Das geht aber trotzdem nicht", beharrte sie. „Sie behindern die Polizeiarbeit."
„Das glaube ich jetzt eigentlich nicht", Bloch grinste sie freundlich an. „Aber wenn es der Wahrheitsfindung dient." Er ließ die Drohne in einem weiten Bogen über den Hang fliegen und senkte sie elegant vor die Füße der Polizistin. „Mein erster Flugtag", sagte er stolz. „Geht doch, oder?" Er hob die Drohne auf und wechselte den Chip aus, auf dem die Aufnahmen von seinem Erstflug gespeichert waren. Dann tauschte er auch den Akku aus, als sein Gegenüber plötzlich mit den Fingern schnippte.
„Moment, mal. Bloch. Bloch. Ist die Alte eh, die alte Frau – Gerlinde Bloch – ist das vielleicht Ihre Mutter?"
„Meine Tante." Bloch nickte. „Die haben Sie also schon kennengelernt." Dann schaute er hoch zur Stadtmauer. „Die

steht da oben und winkt Ihnen zu. – Die Idee mit der Drohne stammt übrigens von ihr." Er grinste breit.

Ann-Barbara Cappell wandte sich um. In dem Moment machten sich die beiden Kletterer im Hang bemerkbar. „Fund", riefen sie und winkten. Die Polizistin eilte zurück. Und Godehard Bloch nutzte die Gelegenheit, die Drohne wieder aufsteigen zu lassen. Bevor ihn jemand daran hindern konnte, war das Fluggerät wieder auf der Höhe der beiden THW-Helfer. Ausgestattet mit frischer Kraft und Speicherplatz filmte sie alles, was sich da oben tat. Die beiden Kletterer hielten einen silbrigen Gegenstand in die Höhe, den sie an so etwas wie eine Angelschnur hängten und nach oben verschickten. Als nächstes folgten Asservatenbeutel mit Erdproben, Holzstücken und Blattwerk. Etwa eine Viertelstunde später waren sie am Fuß des Felsens hinter der Plakatwand angekommen. Genau dort, wo Hans Steinhöfel vor zwei Tagen gefunden worden war.

Godehard Bloch hatte sich längst wieder auf den Weg zur Judengasse gemacht. Die Drohne hatte er unterm Arm, den zweiten Speicherchip sicherheitshalber schon in seiner Brieftasche. „Das hat besser geklappt als gedacht", strahlte er, als er bei seiner Tante angekommen war.

„Datt Ding macht velleischt en Wind", sagte die nur. „Hoffentlich ist was drauf auf dem Film. Bis wann hast du den denn entwickelt?"

Godehard Bloch schaute sie verständnislos an, dann begriff er. „Nein, das ist ein Video. Das schaue ich mir gleich heute Abend an. Jetzt muss ich aber los."

Ihn kümmerten nicht die entgeisterten Gesichter der beiden Alten. Stattdessen schaute er in das Gesicht der kleinen Kriminalbeamtin, die ihm offensichtlich den ganzen Weg

gefolgt war. „Sind Sie hier irgendwie in offizieller Mission, oder warum tragen Sie Uniform?" Und als Bloch ihr antwortete, dass er gerade frisch vom Ministerbesuch komme und nur keine Zeit zum Umziehen gehabt habe, straffte sich die Polizistin: „Dann könnte ich das Ding da eigentlich beschlagnahmen."
„Bitte sehr", meinte Bloch und reichte ihr Drohne und Steuergerät. „Aber dann hätte ich gerne erstens eine Rechtsbelehrung und zweitens eine Quittung." Er erhielt die Drohne zurück und wurde stehen gelassen. Versonnen sah er ihr nach.

Nur wenig später saß Ann-Barbara Cappell zusammen mit Torsten Weidenfeller und den uniformierten Polizisten, die zur Sonderkommission Mauerfall gehörten, im Besprechungszimmer der Polizeiinspektion Montabaur. Die Stimmung war schlecht und sie besserte sich auch nicht, als sie jetzt der Stimme aus der Freisprechanlage lauschten, die vor ihnen auf dem Tisch stand. Es war die Stimme von Staatsanwalt Gerd Zwanziger. An der Wand hing ein großer Monitor, auf dem man den Staatsanwalt zusammen mit Kriminaldirektor Buck sehen konnte. Ein kleines Bild unten links zeigte den Besprechungsraum in Montabaur. In der Kriminaldirektion Koblenz wurden die Bilder auf dem Monitor umgekehrt angeordnet. Ann-Barbara Cappell und Torsten Weidenfeller waren zusammen mit ihren Kollegen groß im Bild, während unten links ein kleines Abbild von Zwanzigers Büro zu erkennen war.
„Ich fass es nicht – so viel Unfähigkeit ist mir noch nie vorgekommen", die Stimme gewann an Lautstärke. „Was haben wir eigentlich in der Hand – zwei Tage nach dem

Leichenfund?" Da alles schwieg, beantwortete er sich die Frage selbst. „Keine Zeugen, keinen sicheren Tatort, keine Verdächtigen, aber jede Menge Motive." Man hörte Papier rascheln. „Was wir haben, ist der fertige Befund aus der Gerichtsmedizin. Die Leiche wurde heute früh freigegeben."
Kriminaldirektor Bertram Buck übernahm: „Wir wissen jetzt definitiv, dass der Mann schon tot war, als er die Böschung hinunterstürzte. Die Wunden, die ihm bei der Begegnung mit dem Astwerk beigebracht wurden, waren alle post mortem – und wären wahrscheinlich auch nicht tödlich gewesen. Es gibt keinerlei Frakturen, was verwunderlich ist bei einem Sturz aus dieser Höhe. Tödlich waren einzig und allein die beiden Stichwunden im Rücken." Buck räusperte sich. „Und das bedeutet, dass wir weiterhin nach der Tatwaffe suchen müssen, was allerdings ziemlich aussichtslos sein dürfte."
„Wieso?", fragte Zwanziger.
„Weil der Gerichtsmediziner sich ziemlich sicher ist, dass es sich um ein Brotmesser gehandelt haben muss."
Zwanziger reagierte genervt und warf den Bleistift, mit dem er gerade gespielt hatte, in die entfernteste Ecke des Büros. „Dann können wir ja gleich ganz Montabaur in die Küchenschublade gucken."
„Wir haben den Hang jetzt intensiv absuchen lassen", schaltete sich Torsten Weidenfeller ein. „Erst durch die Spusi, dann durch den Bauhof und eben durch das Technische Hilfswerk. Nichts." Er holte tief Luft. „Alles, was wir haben, ist ein Schlüsselbund."
„Und?", schnarrte es aus dem Lautsprecher.
„Wieder nichts", attestierte Ann-Barbara Cappell ihrem Kollegen, der offensichtlich nicht der Überbringer der nächsten schlechten Nachricht sein wollte. „Wir haben die Wohnung

überprüft – die Schlüssel gehören definitiv nicht zu Hans Steinhöfel. Und", jetzt zögerte auch sie, holte dann aber tief Luft und fuhr fort: „und was die Autoschlüssel anbetrifft, wissen wir, dass es sich um einen BMW handeln muss." Noch mal Pause. „Steinhöfel fuhr aber einen VW Golf, der ...", sie stockte erneut, „noch nicht aufgefunden wurde."
Erst war Stille im Lautsprecher und den Mitgliedern der Sonderkommission Mauerfall wäre es fast lieber gewesen, Staatsanwalt Zwanziger würde wieder losbrüllen. Der tat ihnen dann auch den Gefallen: „Ich platze gleich. – Der Wagen könnte uns wichtige Hinweise auf die letzten Stunden im Leben des Hans Steinhöfel geben. Blutspuren, Fingerabdrücke ..."
Buck schaltete sich ein. „Moment mal. Es ist ja nicht so, dass nach dem Wagen nicht gesucht worden wäre. Wir wissen nur, dass er sich nicht im direkten Umfeld des möglichen Tatorts oder des Fundorts befindet." In Montabaur folgte darauf eifriges Kopfnicken, was vom Bildschirm in Koblenz auch getreulich übertragen wurde, aber dort unbemerkt blieb. Von dort kam die Frage: „Wen haben wir noch nicht ernsthaft überprüft? Dieser Hans Steinhöfel hatte doch jede Menge Fahrgäste. Was ist mit denen?"
„Wir haben die Namen auf den Quittungsblöcken", reagierte Ann-Barbara Cappell sofort. „Und wir haben die meisten Personen auch schon ermittelt", sie nickte dankbar den uniformierten Mitgliedern der Sonderkommission zu. „Wir wissen anhand der Quittungen und der Zeugenaussagen, wann und wo diese Personen," – sie blätterte durch den Stapel – „drei seit vergangenem Wochenende, bei Steinhöfel zugestiegen und wo sie ausgestiegen sind."

„Aber solange wir den Todeszeitraum nicht definitiv wussten, hatte es wenig Sinn, das Alibi zu überprüfen", ergänzte Torsten Weidenfeller.

„Der Pathologe legt sich fest, dass der Sturz am Montagabend erfolgt sein muss", referierte Buck.

„Aber trotzdem scheiden die drei Fahrgäste aus", übernahm die Kriminalkommissarin wieder das Gespräch. „Hans Steinhöfel wird ihnen wohl kaum mit einem Messer im Rücken noch eine Quittung ausgestellt haben."

„Theoretisch", begann Staatsanwalt Zwanziger, „könnte die Tat danach ..."

„Nein, nicht einmal theoretisch", unterbrach sie ihn. „Eine der Quittungs-Kopien vom Wochenende haben wir in Hans Steinhöfels Wohnung gefunden. Und die anderen beiden lagen in seiner Geldbörse, die wir schon am Mittwoch gefunden haben. Der Täter wird wohl kaum eine Quittungs-Kopie mit seinem Namen bei der Leiche zurückgelassen haben."

„Der Täter könnte in Panik ..."

„Unwahrscheinlich." Ann-Barbara Cappell war jetzt in ihrem Element. „Auch wenn das unsere Aufklärungschancen nicht gerade verbessert: Wenn ein Fahrgast der Täter war, dann haben wir von ihm keine Quittung."

„Außerdem", man konnte hören, wie Kriminaldirektor Buck sich zum Mikrofon vorbeugte, um über die Anlage besser verstanden zu werden. „hätten wir dann immer noch keine Erklärung dafür, wie die Leiche über den Mauerzaun gekommen ist. Das klingt doch eher nach einem Kraftaufwand, der nur von mehreren Personen bewerkstelligt werden konnte."

„Also doch diese Russen – oder Russlanddeutschen", sinnierte Zwanziger weiter. „Wie sieht es mit denen aus?"

„Montags hat die Kneipe am Parkplatz geschlossen." Torsten Weidenfeller schaltete sich wieder in das Gespräch ein. „Die, mit denen ich gestern Abend gesprochen habe, sagen, dass sie zu Hause waren. Aber wir können ja jetzt schlecht eine ganze Volksgruppe unter Verdacht stellen. Oder ein ganzes Stadtviertel."
„Und die Taxifahrer?"
„Na, für die hatte die Kneipe natürlich auch geschlossen. Ansonsten haben wir bei den drei Taxiunternehmen nach den Schichtplänen gefragt. Aber das hilft uns ja auch nicht weiter."
„Wir haben die Lebensumstände von Hans Steinhöfel hinreichend untersucht", begann nun wieder Ann-Barbara Cappell und bemerkte sogleich, dass es sich nach einer Verteidigungsrede anhören würde. „Wir haben mit Nachbarn gesprochen – er war nicht gerade ein Sympathieträger. Tatsächlich hat er sich mit allem, was er tat, unbeliebt gemacht: seine Stänkerei über die Überfremdung in der Sommerwiese, seine Anzeigen beim Ordnungsamt, seine privaten Taxifahrten – er war ein ruheloser Querulant. Aber ob das reicht, um ihn tot übern Zaun zu werfen …?"
Weidenfeller assistierte: „Nicht einmal seine Schwester, die ich noch am Mittwoch aufgesucht hatte, erschien mir sonderlich berührt." Er griff nach dem Protokoll auf dem Tisch vor ihm, wo die Unterlagen aus der Akte Mauerfall ausgebreitet lagen, und zitierte: „Die Schwester schien eine solche Nachricht irgendwie erwartet zu haben, in dem Sinne, dass sie damit gerechnet haben musste, dass ihr Bruder irgendwann eines gewaltsamen Todes sterben würde."
Er legte das Papier weg und ergänzte: „Eigentlich hat sie sich mehr damit beschäftigt, dass ihr nun auch die Hälfte ihres Bruders an dem Elternhaus in Bladernheim zufällt."

„Wäre das ein Motiv?", kam die Frage aus Koblenz.

„Also, wenn wir wirklich nichts Besseres haben ..." Ann-Barbara Cappell versuchte es mit einem heiteren Ton. „Ich bin ja nur Das kleine ABC – und Habgier ist eines der verbreitetsten Mordmotive ..." Auch sie hatte kurz mit der Schwester telefoniert, um weitere Details aus dem Leben ihres Bruders zu erfragen. Auch ihr gegenüber hatte sie erwähnt, dass das Haus in Bladernheim nun wohl ihr ganz allein gehören würde. „Also vorstellen kann ich es mir nicht. Wir werden das natürlich trotzdem verfolgen", schloss sie.

Einen Moment lang herrschte wieder Stille, allerdings wirkte sie nun nicht mehr anklagend, sondern eher ratlos. Dann meldete sich wieder Buck zu Wort: „Also, wir müssen noch mal neu aufsetzen. Ganz neu denken ... Wir wissen inzwischen, dass Hans Steinhöfel durch zwei Stiche in den Rücken ums Leben gekommen ist – und zwar aller Wahrscheinlichkeit nach am Montagabend. Wir wissen, dass er vom Parkplatz an der Judengasse über die Stadtmauer hinter eine Plakatwand gestürzt ist oder gestürzt wurde." Buck hielt inne. „Wieso wissen wir das eigentlich? Kann er nicht auch gleich unten gelegen haben. Könnte das Sauertal nicht doch der Tatort sein?"

Die Mitglieder der Sonderkommission schauten sich konsterniert an. Einen Moment lang konnte man die Panik in den Augen sehen. Waren sie wirklich von Anfang an von falschen Voraussetzungen ausgegangen? Hatte Hans Steinhöfel die beiden Stichwunden hinterrücks an der Plakatwand erhalten, war dann umgefallen und hatte sich dabei die Verletzungen an der Hüfte zugezogen?

„Nun, Dr. Cord, der Notarzt, der den Tod offiziell festgestellt hat, hatte gemeint ..." Torsten Weidenfeller brach ab, weil er merkte, dass dieses Argument kein gutes Ende nehmen würde.

„Wir haben eine Reihe von Indizien, die diese Annahme stützen", half seine Kollegin ihm weiter. „Erstens: die Leiche steckte kopfüber im Gebüsch. Zweitens: ein Ast hat sich in die Hüfte gebohrt. Drittens: Astbruch im unteren Teil des Hangs, der darauf hindeutet, dass hier ein schwerer Gegenstand durchgegangen sein muss. Viertens: das Portemonnaie des Opfers im Hang. Fünftens:"

„Ist gut, ist gut", unterbrach sie Bertram Buck und sie hörte, dass er leicht belustigt klang. „Wir müssen nur von Zeit zu Zeit unsere Überzeugungen überprüfen. Das Gesetz des zureichenden Grundes …"

Sie musste laut auflachen. Sie waren inmitten einer Krise und Buck kam mit Schopenhauer. Tatsächlich hatte sie das Argument in ihrer Ausbildung zum Polizeidienst kennengelernt. Es stellte vier Ebenen der Vorstellung auf, durch die die Wirklichkeit erfasst und beurteilt wird und zu Urteilen führt, die, wenn sie wahr sind, als Erkenntnis dienen. Und sie hatte genau das getan: sie hatte anschauliche, vollständige, empirische Vorstellungen aufgezeigt, die das Urteil erhärteten.

„Schopenhauer als Kriminaltheoretiker", platzte sie heraus. „Buck, Sie sind umwerfend."

„Dann müssen wir uns jetzt aber doch folgende Frage stellen", unterbrach Staatsanwalt Zwanziger das kleine Scharmützel zwischen den beiden. „Warum gibt es oben am Parkplatz keine nennenswerten Spuren? Weder von einem Kampf, noch von was auch immer."

Wieder schauten sich die Mitglieder der Sonderkommission Mauerfall an. Sie hatten nach Spuren gesucht. Sicher. Aber

hatten sie auch gründlich genug gesucht? Hatten sie auch überall gesucht? Torsten Weidenfeller sprach für alle. „Da gehen wir noch mal ran."
„Machen Sie das", der Staatsanwalt war jetzt wieder auf der Höhe der Debatte. „Und finden Sie den Wagen. Lassen Sie Streife fahren, rufen Sie die Bevölkerung auf – ein roter VW Golf, das kann doch nicht so schwer sein."
Jetzt mussten alle erneut lachen, allerdings diesmal aus Verzweiflung. Es gab einfach viel zu viele rote VW Golf auf der Welt. Da konnte eigentlich nur Kommissar Zufall helfen. Aber dem konnte man ja mit einer Suchanfrage über die Presse ein wenig Unterstützung zukommen lassen. Dennoch: ein roter Golf, das war wie die berühmte Suche nach einer Stecknadel im Stecknadelhaufen.

Samstag

Am nächsten Tag trafen sich die vier aus der Sonderkommission Mauerfall erneut im Besprechungsraum – doch diesmal wurden Buck und Zwanziger nicht dazugeschaltet. Sie besprachen die Ergebnisse der erneuten Spurensuche am Parkplatz und der weiteren Befragungen. Das ging schnell: Nichts, nichts, nichts.
Auch nichts auf Steinhöfels Computer. Die Hinweise, die sich auf seinem Rechner fanden, wiesen sämtlich auf die Aktivitäten hin, die Anton Hübner schon als Computerausdrucke vorgelegt hatte. Es gab ein wenig private Korrespondenz und einige Bestätigungen von Bestellungen bei Online-Shops. Auch konnte anhand der Computerdaten nachgewiesen werden, dass Hans Steinhöfel tatsächlich von diesem Rechner aus die Einträge über die Verkehrssünder gepostet hatte. Offensichtlich hatte er auch Tagebuch geführt. Aber soweit man das bei einer schnellen Durchsicht beurteilen konnte, hatte er sich lediglich notiert, wann er welchen Taxifahrer in flagranti bei der Aufnahme von Fahrgästen „in fremden Gebieten" beobachtet hatte. Allerdings fiel auf, dass er dabei Stefan Streller geradezu verfolgt hatte.
Noch interessanter waren die Tagebucheintragungen, die Hans Steinhöfel über seine Nachbarn getätigt hatte. Ludwig Furtwängler, stand da zum Beispiel zu lesen, könne sehr wohl noch immer ohne Rollator laufen. Der Achtzigjährige wolle aber Mitleid erregen und seine Enkelin dazu zwingen, ihn zu sich zu nehmen. Außerdem, mutmaßte der Tagebuchschreiber, erschleiche sich der Alte Krankenkassenleistungen, die er gar nicht benötigte.

Über Anton Hübner war zu lesen, dass er heimlich Werkstücke aus der Lagerhalle seines Arbeitgebers Sigmaplast in Heiligenroth mitgehen lasse, um damit in der Nachbarschaft die allmählich marode werdende Bausubstanz auszubessern. Mit Bildern war dokumentiert worden, wie ein kompletter Carport aus den entwendeten Einzelteilen entstanden war. Sogar ein Lieferwagen der Firma war zu sehen, mit dem größere Bauteile wie Balken, Dachpappe und Armierungen herbeigeschafft worden waren.

Lauter kleinkriminelle Machenschaften hatte Hans Steinhöfel aufgedeckt, aber nie zur Anzeige gebracht. Anscheinend wollte er sich seine Ermittlungsergebnisse für einen Zeitpunkt aufbewahren, an dem er von seinen Nachbarn Gefälligkeiten einfordern konnte. Das schien auch regelmäßig passiert zu sein. Dazu gehörte interessanterweise auch, dass er sich von denen, die von Zeit zu Zeit ihre alte Heimat auf dem Balkan oder in der ehemaligen Sowjetunion aufsuchten, Militaria mitbringen ließ – von der Pelzmütze bis zur Panzerfaust, die er dann weiterverhökerte. Irgendwie war Hans Steinhöfel selbst ein Kleinkrimineller – kaum besser als die Mitmenschen, die er in seinem Tagebuch denunzierte.

Sie hatten der Ermittlungsakte zwar neue Protokolle hinzugefügt, aber keine handfesten Erkenntnisse gewonnen. Man beschloss, dass die beiden Uniformierten die Befragungen fortsetzen sollten. Die zwei Kriminalpolizisten machten sich auf den Weg, um die wenigen Meter zum Friedhof zu Fuß zurückzulegen. Heute sollte Hans Steinhöfel beerdigt werden.

Sie erreichten den schattigen, alten Teil des Friedhofs, in dem von der Witterung angegriffene mannshohe Statuen traurig auf die Toten in den Gräbern herabblickten. Ann-Barbara Cappell schauderte. Das letzte Mal, dass sie auf einem Begräbnis war, war vor einem halben Jahr die Beisetzung des Kontrabassisten gewesen. Das gesamte Ensemble der Rheinischen Philharmonie hatte seinem verstorbenen Mitglied die letzte Ehre erwiesen und mit „Näher, mein Gott, zu dir" in der Vertonung von Lowell Mason eine herzergreifende Stimmung erzeugt.

Damals hatte sie Godehard Bloch zum letzten Mal gesehen. Als Musikliebhaber hatte er ihr den Hintergrund des Chorals zugeraunt. Der Arzt war bei einem Mahler-Konzert als Erster bei dem sterbenden Kontrabassisten gewesen und hatte letzte Rettungsversuche unternommen. Und später hatten sich ihre Wege erneut gekreuzt – als sich Ann-Barbara Cappell am Bahnhof Weißenthurm bei der Verfolgung zweier verdächtiger Frauen eine wilde Jagd über die Bahngleise geliefert hatte. Die Szene, wie die Rothaarige mit schweren Verletzungen auf dem Bahnsteig lag, hatte sie noch lange in ihren Träumen verfolgt. Wieder war dieser Dr. Bloch erschienen und hatte erneut Erste Hilfe geleistet, bis der Krankenwagen die Schwerverletzte übernahm. Aber seit dem Begräbnis vor einem halben Jahr hatten sie sich aus den Augen verloren.

Einen Moment lang blieb ihr Kollege stehen. „Meine Mutter", sagte er und deutete auf ein Grab. „Hier liegt meine Familie seit Generationen."

„Tut mir leid", antwortete sie. „Da kommst du ja praktisch jeden Tag vorbei." Irgendwann bei der gestrigen Besprechung mit Buck und Zwanziger waren die beiden zum Du übergegangen – ohne Zeremoniell oder so was. Einfach so, wie das unter Kollegen ohnehin üblich war.

„Nicht nur das", antwortete der. „Ich weiß auch schon, wo ich selbst liegen werde." Er grinste. „Das ist der ganze Stolz meines Vaters, dass er für mich vorgesorgt hat – zumindest in dieser Beziehung."

„Wie gruselig." Sie suchte die Grabreihen ab, las Grabinschriften und schaute in die traurigen Augen von Cherubim, Greifen und Pietas. Dabei entdeckte sie eine ganze Reihe von „Weidenfellers" auf den Grabsteinen. Auch „Steinhöfels" gab es. Und „Wörsdörfers" und „Löwenguts". „Hier liegen ja ganze Dynastien."

„Das verläuft sich im unteren, neuen Teil", antwortete ihr Kollege. „Wahrscheinlich könnte man an dem Friedhof die Siedlungsgeschichte Montabaurs ablesen." Dann dämpfte er seine Stimme. „Da unten sind sie – sie sind schon dran."

In sanften Kurven zogen die Wege einen Hügel hinab ins Gelbachtal. Die goldene Oktobersonne tauchte die großen Freiflächen, die erst in den kommenden Jahren die Montabaurer Toten aufnehmen sollten, in ein herrliches englisches Grün. Darüber prangte ein blauer Himmel, der nur wenige Schönwetterwolken aufwies. Im Hintergrund strahlte das Betonweiß einer langgestreckten Talbrücke, von der ein regelmäßiges Tack-tack ausging, wenn die darüberfahrenden Autos die Nahtstelle zwischen Brücke und Böschung überfuhren.

Möglichst unauffällig näherten sie sich der Trauergemeinde, die um die Schwester des Ermordeten, Elke Steinhöfel, versammelt war. Sie wirkte gefasst, so wie sie es schon bei ihrem Gespräch mit Torsten Weidenfeller war, als er ihr die Todesnachricht überbrachte. Auch bei ihrem zweiten Gespräch, als Ann-Barbara Cappell Näheres über die Lebensumstände des verstorbenen Bruders zu erfahren versuchte, wirkte sie geradezu unbeteiligt. Trauer, ja vielleicht. Aber eigentlich doch eher Entsetzen über den gewaltsamen Tod. Sie hatten Kontakt – mehrmals wöchentlich sogar. Aber dennoch schien es nicht so, als würden die Geschwister eine enge Beziehung zueinander unterhalten haben. Und dann das Haus, das jetzt der Schwester allein gehören sollte. Wäre das wirklich ein Motiv?

„Was wissen wir eigentlich über ihre Vermögensverhältnisse, Torsten?", wandte sie sich jetzt an ihren Kollegen und nickte in Richtung der Trauernden. „War das Haus beliehen? Würde die Erbschaft der zweiten Haushälfte etwas ändern?"

„Werden wir vor Montag nicht mehr ermitteln können", antwortete der. Er zweifelte, dass die Schwester zu einer Bluttat fähig wäre. „Vielleicht hat sie sie in Auftrag gegeben", meinte er.

Die beiden Frauen, die Hans Steinhöfels Schwester untergehakt hielten, kannte Ann-Barbara Cappell nicht. Dahinter standen Leute aus der Sommerwiese. Sie erkannte Ludwig Furtwängler, auf seinen Rollator gestützt. Daneben Anton Hübner. Und da standen auch Willi und Stefan Streller mit weiteren Taxifahrern. Und sie entdeckte Gerlinde Bloch, die zusammen mit Torstens Vater und – ja, tatsächlich – ihrem Neffen an der Seite des Grabes stand. Ihnen gegenüber stand der Pfarrer – „Pastor Paul Soumagne", flüsterte ihr der Kollege zu. „Bei dem bin ich schon zur ersten heiligen Kommunion gegangen."

Sie rückten etwas näher, um Pastor Soumagne sprechen zu hören. „… war kein einfacher Charakter, voller Widerspruchsgeist, ja voller Widersprüche. Wir wissen, dass er sich um seine Mitmenschen gekümmert hat, dass er gerichtet und gerechtet hat, wo er selbst mitunter ungerecht und nicht immer rechtens handelte. ,Wer von euch frei ist von Schuld,

der werfe den ersten Stein', hat Jesus gerufen und uns damit ermahnt, dass wir nicht über andere richten sollen.
Und: ‚Mein ist die Rache', spricht der Herr. Wir wissen, dass Hans Steinhöfel eines gewaltsamen Todes gestorben ist. Aber es ist nicht an uns, unter uns den Schuldigen zu suchen ..."
„Aber an uns", sagte Ann-Barbara Cappell und schaute ihren Kollegen an. Der nickte, wirkte aber irgendwie abwesend. Zu ihrer Überraschung stellte sie fest, dass der Kollege betete. Sie zog sich zurück.
Später kondolierte sie der Schwester, die mit versteinertem Gesicht das Defilee an sich vorüber ziehen ließ. Dann machte sie sich auf den Rückweg. Ihren Kollegen hatte sie im Gedränge verloren. Dafür sah sie vor sich seinen Vater – zusammen mit den beiden Blochs.
„Es scheint, uns bringt immer nur der Tod zusammen."
Godehard Bloch war stehengeblieben, als er die junge Kommissarin hinter sich erkannte.
„Oder der Drohnenflug", antwortete sie. „Was sollte das eigentlich?"
„Ehrlich gesagt, keine Ahnung. Ich hab's meiner Tante zuliebe gemacht – ich glaube, sie langweilt sich ein wenig in ihrem Entspannungsdreieck zwischen Seniorenresidenz, Kirche und dem Café Görg. Da gehen wir jetzt übrigens hin – kommen Sie mit, ich lade Sie ein."
Sie fand das ein wenig befremdlich – immerhin lag nach wie vor harte Polizeiarbeit vor ihr. Aber dann dachte sie daran, dass sie mehr über diesen mysteriösen Fall erfahren würde, wenn sie das Gespräch mit jenen suchte, die Hans Steinhöfel gekannt hatten. Deshalb nickte sie. „Ich komme gern."
„Ihr kennt euch?", Gerlinde Bloch schaute von der einen zum andern. Ihr war das gar nicht recht. Sie hatte es gern,

wenn die Fronten klar waren. Und jetzt fraternisierte der eigene Neffe mit der Gegenseite.

Sie hatten zwei der achteckigen Tische aneinander geschoben und saßen nun „in fröhlicher Runde", wie Gerlinde Bloch es pietätlos formulierte. Vor ihr standen bereits der Milchkaffee und das Cognac-Glas, in dem der unvermeidliche Eidotter schwamm.

Als alle Getränke verteilt waren, wandte sich die Tante an den Sohn ihres Zimmernachbarn: „Jetzt verrat' es mir doch endlich, Torsten. Wer war es?"

„Der große Unbekannte", antwortete der. „Wir tappen völlig im Dunkeln. Es könnte jeder und keiner gewesen sein."

„Also doch die Russen, hab ich mir gleich gedacht." Gerlinde Bloch ließ sich durch ihren Neffen, der ihr die Hand auf den Arm legte, nicht aus dem Konzept bringen. „Ihr werdet es noch sehen, dass ich recht habe." Dann wechselte sie abrupt das Thema: „Was hat der Pastor eigentlich gemeint damit, dass nicht alles rechtens war?"

Willi Streller ergriff das Wort. „Na, die Taxifahrten, die der uns vor der Nase weggeschnappt hat", sagte er. „Das ist gegen geltendes Recht."

„Und dann auch noch schwarz", ergänzte sein Sohn Stefan und klimperte mit seinem Schlüsselbund, ehe er ihn in die Tasche steckte. „Wir zahlen Steuern, der nicht."

„Der jetzt auch nicht mehr", posaunte Gerlinde Bloch. Und dann nach kurzem Nachdenken: „Wie ist das denn mit der Elke, seiner Schwester? Die hat doch jetzt das ganze Haus in Bladernheim – und das ohne Mann und Familie."

Ann-Barbara Cappell wurde plötzlich unangenehm bewusst, dass sie als Einzige hier am Tisch alleine war. Da saßen Vater und Sohn und noch einmal Vater und Sohn und dann Tante und Neffe. Und sie. Mit einem Mal vermisste sie ihre Eltern schmerzlich, die seit einem Segeltörn vor Mallorca als verschollen galten. Sie hatte noch nicht einmal ein Grab, das sie besuchen konnte. Sie hatte nur das Haus auf dem Asterstein in Koblenz, das sie an ihre Familie erinnerte. Sie gab sich einen Moment ihrer Trauer hin, dann riss sie sich zusammen. Als sie wieder dem Gespräch folgte, sprach der alte Taxiunternehmer. „Diese privaten Taxifahrten hat der Uber in ganz großem Stil aufgezogen, und der Hans Steinhöfel hat das kopiert – nur für sich." Und dann erzählte er, dass in San Francisco einer von diesen Computer-Gurus, der Herr Uber eben, eine App erfunden hatte, über die sich jeder melden kann, der ein Auto zur Verfügung hatte, und jeder, der ein Auto brauchte. Dann wurde eben vermittelt. „Wie beim Taxi", sagte er, „nur ohne Taxi."

Gerlinde Bloch schaute ihn verständnislos an und Vater und Sohn Streller holten etwas weiter aus. Dieser Uber nimmt inzwischen weltweit Autofahrer unter Vertrag, die mit ihrem Auto private Fahrten für andere unternehmen: Stadtfahrten, schon mal größere Touren, manchmal auch Kurierdienste. Das sei inzwischen ein Millionengeschäft, das natürlich den Taxiunternehmen flöten gehe. Und der Hans Steinhöfel hatte ihnen hier in Montabaur die attraktivsten Fahrten weggenommen – zu den Flughäfen oder während der Bahnstreiks.

„Der hat doch Dumpingpreise genommen", ergänzte Stefan Streller und wurde richtig wütend. „100 Euro und weniger für eine Fahrt zum Frankfurter Flughafen – und das für immerhin fast 250 Kilometer."

„Der musste ja keine Steuern zahlen – das heißt, er musste schon", ergänzte sein Vater, „hat er aber nicht."

Ann-Barbara Cappell notiert im Stillen, dass sich das Gespräch im Kreis zu drehen begann. Das war typisch für eine Situation, in der zwar die Probleme auf den Tisch kamen, aber keine Lösung in Sicht war. Dann musste das Gehirn zum Ausgangspunkt zurück- und die Sachlage erneut durchgehen, bis sich ein Haken fand, an den man eine Öse hängen konnte. So funktionierte Brainstorming. Oder, wie in diesem Fall, eben nicht.

In der Polizeiarbeit machten sie das nicht anders. Und, sagte sie sich, das würde eventuell bedeuten, dass sie ebenfalls noch einmal alles durchgehen mussten. Die Befragungsprotokolle las sie jeden Abend noch im Bett durch, wenn sie, aufgewühlt von den ungelösten Rätseln, die ihnen dieser Fall bescherte, in ihren Kissen rotierte. Die Befragungen waren formal alle korrekt. Aber manchmal fehlte es an der Intuition – dem Kurzschluss im Hirn, der zwei Informationen miteinander zur Lösung verknüpfte.

Wo sollte sie noch einmal ansetzen? Bei den Fahrten, die Hans Steinhöfel in den letzten Stunden seines Lebens unternommen hatte? Wenn sie wenigstens sein Fahrzeug, diesen roten VW Golf, endlich finden würden! Sie hatten gestern noch eine Presseinformation herausgeben, um die Bevölkerung an der Suche zu beteiligen. Die Meldung war noch am gleichen Abend in der Online-Ausgabe der *Westerwälder Zeitung* zu lesen gewesen. In die gedruckte Ausgabe von heute hatte sie es leider nicht mehr geschafft. Dennoch liefen in der Polizeidienststelle bereits die Telefonleitungen heiß. Ein roter VW Golf, Jahrgang 2008, wie sich noch hatte ermitteln lassen, so etwas gab es wie Sand am Meer.

Unvermittelt fragte sie in das Gespräch über Uber hinein: „Ist eigentlich jemandem ein roter VW Golf aufgefallen, der schon mehrere Tage irgendwo rumsteht?"

„Dem Steinhöfel sein Auto?", fragte Stefan Streller sofort. „Habt ihr das immer noch nicht?" Er schaute dabei Torsten Weidenfeller an, obwohl seine Kollegin die Frage gestellt hatte. Der zuckte die Schultern. „Das klären wir!", der Mann wirkte wie aufgedreht, zückte sein Handy und sprach hinein: „Horst, Stefan hier. Haltet mal die Augen offen nach einem roten VW Golf, der irgendwo rumsteht. Dem Steinhöfel sein Auto. Sag es den Kollegen weiter. Ist dringend. Die Polizei sucht danach. Ihr versteht, was ich meine?" Dann schaute er in die Runde, als wollte er fragen, „Na, wie hab ich das gemacht?"

Ann-Barbara Cappell sagte nichts. Ihr war jede Hilfe recht. Sie dachte erneut an die Befragungsprotokolle. Was hatten sie übersehen? Wonach hatten sie nicht gefragt? Welchen Aspekt hatten sie außer Acht gelassen? Ihr fielen die kleinkriminellen Aktivitäten an der Sommerwiese ein. Hatten sich die Bewohner dieses Stadtteils einfach nur ihres Tyrannen entledigt? Aber wäre das nicht auch auf andere Art und Weise möglich gewesen? Was sie wirklich irritierte, war, dass es jeder hätte sein können: die Schwester, die Russlanddeutschen, überhaupt die Leute aus der Sommerwiese. Ihr fiel ein, dass sie Ludwig Furtwängler bisher nur als Zeuge gesehen hatten. Hatte er sich vielleicht von seinem Peiniger befreien wollen? Ach, der doch nicht, dachte sie.

Sie bemerkte, dass Godehard Bloch sie beobachtete, und riss sich zusammen. Sie leerte ihr Glas Mineralwasser und stand auf. Er erhob sich ebenfalls. „Ich begleite Sie", sagte er, ohne dass er wissen konnte, wohin sie nun gehen würde.

Und genau genommen wusste sie das ja selbst nicht. Es war einfach nur die innere Unruhe, die an ihr nagte. Sie musste etwas tun, selbst wenn es sinnlos war. Also war ihr auch hier jeder Weg recht.

„Gern", antwortete sie. Draußen schlugen sie wie selbstverständlich den Weg zum Parkplatz an der Judengasse ein. Lange sagten sie nichts. Die Sonne stand jetzt halbhoch am Himmel – wenige Tage nach der Tag-und-Nacht-Gleiche. Die Zeit war noch nicht wieder zurückgestellt, also war es kurz nach 13 Uhr. Der Parkplatz lag in hellem Licht, als sie über das Schusterählchen, dem Verbindungsweg zwischen Fußgängerzone und Judengasse, gingen. Gesprochen hatten sie kaum etwas. Sie waren einfach nur schweigend nebeneinander her gegangen. Und wie von selbst führte sie ihr Weg zum Tatort. Plötzlich blieb ihr Begleiter stehen. Er schaute vor sich auf den Boden, dann ging er in die Hocke. „Sehen Sie das?", fragte er und auch Ann-Barbara Cappell ging in die Hocke. Beide starrten sie auf einen kleinen braunen Fleck, vielleicht so groß wie ein 20-Cent-Stück, der auf dem Pflaster der kleinen Gasse kaum zu sehen war. Dann schauten sie die Gasse entlang – erst rückwärts, dann in die Richtung der Stadtmauer.

„Da, noch einer", sagte die Polizistin und wies hinter sich. „Und noch einer", sagte der Bundeswehrarzt und zeigte vor sich. Beide richteten sich auf und schauten sich an. Er wollte etwas sagen, aber seine Begleitung hatte schon das Handy gezückt, eine Kurzwahltaste gedrückt und gelauscht. „Torsten, ich brauch noch mal die Spusi." Dann erklärte sie ihm, was sie gefunden hatte. „Und, Torsten, tu mir den Gefallen und erzähl es nicht gleich wieder allen Leuten im Café Görg, okay? Nur dieses eine Mal."

Sie fragte sich, wie ihnen allen diese Spur entgangen sein konnte. Es erschien ihr unverzeihlich. Die Kollegen von der Spurensicherung waren hier oben gewesen, aber sie hatten sich auf die Stelle gut zweihundert Meter weiter konzentriert. Sie hatten die Suche von der Mauer aus begonnen und nur das unmittelbare Umfeld abgesucht. Erschrocken stellte sie fest, dass sie möglicherweise etwas voreilig die Pferde scheu gemacht hatte. Möglicherweise war Nasenbluten von irgendeinem Passanten die Ursache gewesen. Vielleicht war es noch nicht einmal Blut. Wenn es Farbe ist, bringe ich mich um, dachte sie.
„Also Farbe ist es schon mal auf keinen Fall", sagte in diesem Moment der Bundeswehrarzt, der ein paar Schritte zurückgegangen war – bis dahin, wo die kleine Gasse in die Fußgängerzone mündete. Links und rechts waren Schaufenster der beiden angrenzenden Läden. Dort zeigte er auf einen der Fensterrahmen, an denen mehrere Tropfen der rotbraunen Flüssigkeit getrocknet waren. Bloch fuhr mit dem Finger über einen Tropfen, der daraufhin verschwand. „Farbe geht nicht so leicht ab."
„Hey, das sind Spuren", Ann-Barbara Cappell stieß ihn freundschaftlich in die Seite. Sie war grenzenlos erleichtert, obwohl ... Ja, bewiesen war damit ja noch überhaupt nichts. Sie wandte den Blick wieder auf den Boden und suchte im Eingangsbereich des Schusterählchen und in der Kirchstraße nach weiteren Spuren. Sie fand keine.
„Das muss nichts heißen", sagte der Arzt. „Die frischen Tropfen können in der stark frequentierten Fußgängerzone längst verwischt worden sein." Er schaute noch einmal zum Fensterrahmen. „Vielleicht stehen wir hier am Tatort", er schaute die Polizistin an.

„Fragt sich nur, am Tatort von was", antwortete sie und wandte sich um. „Wir müssen die Spur in die andere Richtung verfolgen. Führt sie uns zur Mauer, haben wir gute Chancen, dass es einen Zusammenhang gibt. Wenn nicht, kann das alles Mögliche sein – Nasenbluten", wiederholte sie ihre Befürchtungen. Und dann überlegte sie weiter. Wenn aber die Spur tatsächlich zur Mauer führen würde, dann war das – ja, dann war das eine unglaubliche Ermittlungspanne, für die es keine Entschuldigung gab.

Sie gingen wieder zurück. Die Tropfen waren in einem Abstand von vielleicht vier, fünf Metern gefallen, und zwar immer dicht an der Häuserwand. Der Verletzte, wenn es einer war, musste langsam gegangen sein und sich an der Wand abgestützt haben. Vor ihrem geistigen Auge erschien Hans Steinhöfel, wie er mit zwei Stichwunden im Rücken durch das Schusterählchen schlich, sich mit einer Hand an der Wand vortastend. Vielleicht bereits zu schwach, um noch aufrecht und schnell gehen zu können. Vielleicht schon zu schwach, um Hilfe zu rufen ...

Gegenüber der Weinhandlung fanden sich wiederum mehrere Tropfen auf einer Stelle. Sie standen vor der Türe, hinter der Ann-Barbara Cappell vor zwei Tagen den Blinden befragt hatte. Konnte er etwas bemerkt haben?

Sie suchten weiter nach vermeintlichen Blutstropfen. Nein, dass es Blut sein musste, da waren sie sich inzwischen sicher. Sie fanden erneut mehrere Tropfen an der gegenüberliegenden Häuserwand auf der anderen Seite der Judengasse, gleich an der Ecke zum Parkplatz. Sie suchten weiter – jetzt voller Hoffnung, endlich eine verlässliche Spur zu haben. Sie suchten, aber sie fanden nichts mehr – gut hundert Meter von der Stelle entfernt, an der Hans Steinhöfel in den Tod

gestürzt sein musste, brach die Spur ab. Kein Wunder, dass die Spusi nichts gefunden hatte. Ihre Suche beschränkte sich auf das Umfeld der Mauer. Und da gab es kein Blut.
Torsten Weidenfeller kam gelaufen. „Die KTU ist benachrichtigt", japste er und schaute auf die kleine Ansammlung von Blutstropfen, dann schätzte auch er den Abstand zur Stadtmauer. „Uiuiui, das ist aber äußerst vage", sagte er und zuckte die Schultern. „Aber wenn man nichts hat, ist der Teufel ein Eichhörnchen."
Sie zeigten ihm den Verlauf der Spur. Zu dritt suchten sie den Parkplatz und den Umgebungsbereich der Fußgängerzone ab. Nichts. Doch eher Nasenbluten?
Später, als die Kollegen von der KTU wieder ihre Koffer packten, hatten sie in einem Punkt Gewissheit. Es war menschliches Blut. Die schlechte Nachricht war allerdings, dass sich die Blutspur weder zur Fußgängerzone noch zum Parkplatz hin verlängern ließ. Sie hatten alles versucht, um möglicherweise verwischte Spuren wieder sichtbar zu machen. Es gab nur diese gut hundert Meter im Schusterählchen mit den drei auffallenden Markierungspunkten dort, wo der Blutende offensichtlich stehen geblieben war.
Sie überlegten kurz, ob sie die kleine Verbindungsgasse polizeilich weiterhin abgesperrt lassen sollten, verwarfen dann aber den Gedanken. Erstens war es unwahrscheinlich, dass es hier noch unbemerkte Spuren gab, und zweitens hätte das nur für Unruhe gesorgt. Der Fall war mit der Suchanfrage nach dem roten VW Golf in der Bevölkerung ohnehin noch aufgeheizt genug. Und jetzt waren auch die Beamten in ihren weißen Overalls am schönsten Samstagnachmittag durch die gut besuchte Fußgängerzone gekrochen. Mehr Aufmerksamkeit ging nicht.

Plötzlich klingelte Weidenfellers Telefon. Er lauschte kurz und hielt dann einen der Weißgekleideten an der Schulter fest. „Hans Steinhöfels Wagen ist gefunden worden." Und als seine Kollegin große Augen machte, erklärte er, dass offenbar gerade ein anonymer Anruf in der Dienststelle in Montabaur eingegangen war, der sich als stichhaltig erwiesen hatte. Seit die Suche gestern Abend in den Medien online gegangen war, war dies bereits der 19. Anruf. Die Kollegen waren jedem Hinweis geflissentlich nachgegangen „beziehungsweise nachgefahren", sagte Torsten Weidenfeller. „Die sind ganz schön rumgekommen heute." Und nach einer Kurzpause: „Aber diesmal ist es ein Treffer. Der Wagen steht hinten an der Kalbswiese", erklärte er und zeigte seiner Kollegin auf dem Stadtplan, wo das war. „Kein Kilometer Luftlinie", sagte er. „Das könnte passen."

Sie trennten sich von Godehard Bloch, um sich den neuen Fundort und den Wagen anzusehen. Der Bundeswehrarzt blieb zurück, mit den Händen in der Tasche, und blinzelte in die nun doch schon tief stehende Sonne. Lang streckten sich die Schatten über den Parkplatz. Noch war es warm, aber der Wind, der sich wie immer strikt an das bekannte Westerwaldlied hielt, brachte Kühle.

Wer auch immer hier an der Hausecke stehen geblieben war, hatte sich wahrscheinlich ausruhen müssen – von der Anstrengung, von den Schmerzen gebeugt und gebeutelt. Bloch hatte keine Ahnung, wie tief die Wunde war, die sich Hans Steinhöfel am Rücken zugezogen hatte. Aber hatte die Kriminalpolizei nicht gesagt, dass das die tödliche Wunde war?

Angenommen, es war Hans Steinhöfel, der hier Montagnacht zusammengebrochen war, nachdem er einen tödlichen Stich erhalten hatte. Angenommen, er war gefunden worden

– entweder von Helfern oder von seinen Feinden. Und angenommen, er war aufgehoben worden. Auf eine Trage vielleicht, auf der er dann gestorben war. So wurde die Trage zur Bahre. Und angenommen, die Helfer oder Feinde hätten dann Panik bekommen und mit dem Toten nichts anderes zu tun gewusst, als ihn schnellstmöglich zu entsorgen. Vielleicht hatten sich Passanten genähert. Vielleicht ein Auto. Dann hätte nichts näher gelegen, als sich der Leiche einfach über die Mauer zu entledigen. Fünfzig Meter zu zweien, vielleicht zu viert über den Parkplatz. Dann eins, zwei, drei zugleich – und Hans Steinhöfel wäre in die Böschung gekracht. Und dort war er dann gut 36 Stunden liegen geblieben, gut versteckt hinter der Plakatwand.

Godehard Blochs Herz klopfte. Es erschien alles so klar. Er schaltete auf seinem Smartphone das Navigationsgerät ein und suchte nach dem kürzesten Fußweg zur Kalbswiese. Das war näher als gedacht: Konrad-Adenauer-Platz und dann links ab. Er ging davon aus, dass Ann-Barbara Cappell noch da sein würde.

Sie war noch da. Schon wieder ein Parkplatz, hatte sie gedacht, als sie den Dienstwagen parkten – Eichwiese, Judengasse, jetzt Kalbswiese. Bestand denn dieser Ort nur aus Abstellflächen für Autos? Und dann auch noch für Autos, die dringend gesucht wurden.

Der rote Golf stand rückwärts in einer Ecke unter Bäumen gut versteckt. Die Umgebung war bereits mit Polizeiband abgesperrt worden. Und auch die Kollegen von der KTU hatten schon wieder ausgepackt. Vorerst machten sie nur Fotos und nahmen Fingerabdrücke von der Karosserie ab. Die Fahrertür stand offen. Der Schlüssel steckte im Zündschloss. Auf der Motorhaube hatten sich ein paar Blätter gesammelt, die der Baumbestand, unter dem der Wagen geparkt war, abgeworfen haben musste. Sie waren schon ein wenig gelb und deuteten damit trotz der grellen, jetzt tief stehenden Sonne an, dass sich das Jahr dem Ende zuneigte. Ann-Barbara Cappell schaute in die Wipfel und wurde stutzig. Sie rief einen der Kollegen von der Spurensicherung zu sich und machte ihn auf ihre Beobachtung aufmerksam: Die Bäume hatten zwar bereits goldgelbes Laub, waren aber noch gut im Saft und hatten bisher kaum Blätter abgeworfen, wenn man nach dem Laub am Boden ging. Nur auf der Kühlerhaube des vermissten Fahrzeugs lagen Blätter.

„Da stimmt was nicht", sagte der Mann im weißen Anzug und hielt die flache, behandschuhte Hand auf die Motorhaube. „Schwer zu sagen – könnte sich in der Sonne aufgeheizt haben, könnte aber auch vor kurzem noch gefahren worden sein." Er notierte das. Die Motorhaube konnten sie noch nicht öffnen, solange die Kollegen mit ihren Pinseln daran arbeiteten. Aber es gab genug verräterische Stellen an einem Motor, die einem auch ein wenig später noch mitteilen würden, ob der Motor vor kurzem gelaufen war. „Genau checken wir das ohnehin in der Werkstatt in Koblenz", versicherte er ihr.

Aber Ann-Barbara Cappell ließ nicht locker. „Wenn hier jemand versucht hat, schlauer zu sein als die Polizei erlaubt, dann hat er sich damit einen Bärendienst erwiesen. Ohne die Blätter würden wir doch gar keinen Verdacht geschöpft haben."

„Eines ist jedenfalls mal sicher", sagte der Mann in Weiß und führte sie zur offenen Fahrertür. „Entweder war Hans Steinhöfel ein Sauberkeitsfanatiker oder der Wagen ist noch vor kurzem grundgereinigt worden." Mit dem Pinsel deutete er ins Wageninnere. „Kein Stäubchen auf den ersten

Blick. Aber wir gehen der Sache natürlich auf den Grund."
Dann zeigte er auf den Mann, der mit dem Pinsel die Motorhaube absuchte. „Er sagt, er hat auch keine Spuren an den Türklinken gefunden."
Torsten Weidenfeller saß in der geöffneten Tür seines Dienstwagens und rief ihr zu: „Komm mal rüber. Lagebesprechung."
Das Ganze war wirklich ungewöhnlich. Das mussten Profis gewesen sein, überlegten sie. War Hans Steinhöfel einem Killerkommando zum Opfer gefallen? Das passte doch alles nicht zusammen. Hier der abgestochene Hans Steinhöfel, der sich mit einer klaffenden Wunde durch das Schusterählchen quälte, dann aber irgendwie die letzten hundert Meter bis zur Stadtmauer durch die Luft geflogen sein musste. Dort der offensichtlich penibel gesäuberte Wagen, der wahrscheinlich erst kurz vorher hier abgestellt worden war. Das bedeutete, dass sie wieder keine verlässlichen Spuren hatten. Sie fühlten sich vorgeführt, „persönlich verarscht", wie sie es nannten.
In diesem Moment tauchte Godehard Bloch vor ihnen auf. „Hab ich euch noch erwischt", keuchte er. Er war den Kilometer von Parkplatz zu Parkplatz gerannt – keine große Leistung für einen Orthopäden, dem man ansah, dass er durchtrainiert war. Aber nach diesem Sprint durfte man zumindest etwas kurzatmig sein. Ob der die Meile unter vier Minuten schafft, fragte sich Ann-Barbara Cappell.
Aber dann verwarf sie diesen Gedanken, nachdem sich der Bundeswehrarzt zu ihnen auf den Rücksitz geworfen und ihnen Stück für Stück seine Überlegungen offengelegt hatte. Alle drei sahen es plötzlich vor sich: Wie Hans Steinhöfel auf eine Trage gehoben, zur Stadtmauer getragen und dann mit gemeinsamem Schwung im hohen Bogen hinübergeworfen worden war.

Wie viele Leute wären nötig, um einen leblosen Körper über den Zaun zu bugsieren? Zwei? Vier? Der Orthopäde konnte die menschlichen Kräfte am besten einschätzen. Er plädierte für vier, musste aber eingestehen, dass dann auch die Koordination schwieriger würde. „Zwei starke Kerle – und die Leiche geht über den Zaun", sagte er schließlich.
Sie beschlossen, Kriminaldirektor Buck anzurufen, komplimentierten den Bundeswehrarzt aus dem Auto und fuhren die wenigen Meter zur Dienststelle. Buck, das war ihnen wohl bewusst, würde zu diesem Zeitpunkt einen der letzten schönen Tage im Jahr vor seinem Wohnmobil auf dem Campingpark Rhein/Mosel gegenüber vom Deutschen Eck in Koblenz verbringen. Aber sie wussten auch, dass Buck auf dem Laufenden gehalten werden wollte. Insbesondere bei einem so rätselhaften Fall wie diesem.
Schließlich hatten sie ja immer noch keine Tatwaffe, keinen genauen Tatort und keine Gewissheit, dass das aufgefundene Blut tatsächlich von Hans Steinhöfel stammte. Und sie hatten ein Fahrzeug, an dem offensichtlich mit professionellen Mitteln jede Spur vernichtet worden war. Den einzigen Fehler, den sich der oder die Täter erlaubt hatten, war der, so zu tun, als stünde der Wagen schon länger unter den Bäumen an der Kalbswiese. Nicht einmal der anonyme Anruf half ihnen weiter. Routinemäßig war die Rückverfolgung eingeschaltet worden, aber die Zeit war für eine komplette Zielsuche zu kurz gewesen. Dass es ein Handy war, darüber waren sich die Beamten in der Polizeiinspektion relativ sicher. Aber die Zielerfassung über die Funkwaben war fehlgeschlagen. Dass der Anruf aus der Umgebung getätigt worden war, davon gingen sie ohnehin aus.

Kriminaldirektor Bertram Buck hörte sich das alles ganz ruhig an. Er saß tatsächlich vor seinem Wohnmobil und hatte sich eben die Strickjacke übergezogen, weil der Oktobertag sich nun doch allmählich dem Ende zuneigte. Was war in diesem Fall nur schiefgelaufen, überlegte er erneut? Natürlich hätten sie von Beginn an die Sonderkommission komfortabler mit Personal ausstatten können. Natürlich war das „kleine ABC" noch jung und unerfahren – aber sie machte ihre Sache doch ganz ordentlich. Natürlich hatten sie nicht von Anfang an fest mit Mord oder Totschlag gerechnet, sondern durchaus auch die Möglichkeit eines Unfalls mit einbeziehen müssen. Und natürlich war es immer schwierig, wenn zwischen dem Fund der Leiche und der Tat mehr als ein Tag lag. Der oder die Täter hatten alle Zeit der Welt gehabt, ihre Spuren zu verwischen. Und hier schien das wirklich vollendet gelungen.
„Machen Sie Hausbesuche", sagte er durch sein Handy. „Suchen Sie die Schwester noch einmal auf, die letzten Fahrgäste, vielleicht noch mal die Anwohner an dieser Stadtmauer – irgendetwas haben wir übersehen …" Dann entließ er die beiden.
Der Campingplatz, auf dem Kriminaldirektor Buck sein Wohnmobil abgestellt hatte, lag inzwischen im Schatten und die Kühle zog vom Wasser her über den Rasenplatz. Buck hatte hier seinen Stammplatz, nutzte das Fahrzeug aber auch, wenn er Verwandte oder Freunde besuchte. Hier, in seinen mobilen vier Wänden, wusste er, was er hatte. Keine Überraschungen in fremden Hotelbetten, keine Unannehmlichkeiten, die er bereitete, weil für ihn ein Gästebett bezogen werden musste. Er liebte dieses Fahrzeug. Umso mehr schmerzte es ihn, dass es sich bei seiner letzten Ausfahrt

einen kleinen Blechschaden zugezogen hatte. Die hintere Stoßstange war ein wenig eingedrückt. Wahrscheinlich beim Zurücksetzen letzte Woche, als er Josef Weidenfeller besucht hatte. Er stand auf und schaute sich im Restlicht des Oktobertags den Schaden noch einmal an. Er hatte keine Lust, deswegen die Werkstatt anzufahren und weitere wertvolle Tage auf dem Campingplatz Rhein/Mosel zu verlieren.
Wie es schien, hatte auch die Leiter am Heck Schaden genommen. Er prüfte die Festigkeit der Halterung, stieg auf die untere Sprosse und ruckelte, sich oben festhaltend, an der Leiter. Alles fest, gut! Er nahm zwei weitere Sprossen und schaute auf das Dach seines Wohnmobils. Auf den ersten Blick war alles in Ordnung. Als er einen zweiten Blick tat, erstarrte er. Jetzt war nichts mehr in Ordnung.

Sonntag

Ann-Barbara Cappell nahm sich – zum wievielten Mal eigentlich? – die Protokolle vor. Karl Weimar hieß der letzte Fahrgast, der sich am Montagabend am Köln/Bonner Flughafen hatte abholen lassen, um direkt zum Schloss Montabaur zu fahren. Er war Privatdozent und hatte in der Akademie einen Vortrag, zu dem er nicht rechtzeitig ankommen würde. Das Flugzeug hatte Verspätung, der ICE war ohne ihn gefahren. Und er hatte sich mit dem Schloss in Verbindung gesetzt, um nun eine alternative Fahrmöglichkeit zu finden. Sie hätten einen Vertrag mit einem örtlichen Taxiunternehmer, hatte es geheißen, aber das würde ihm nichts genützt haben, weil die ja alleine eine Stunde für die Anfahrt bräuchten. Mit 200 Euro würde er schon rechnen müssen, wenn er mit einem dort wartenden Taxi fahren würde. Das war bald so viel wie sein Honorar. Und dann sei da dieser rote Golf aufgetaucht. „Kommen Sie rein, Mann. Ich fahre sowieso zurück nach Montabaur." Und so sei er nun alles in allem doch rechtzeitig zu seinem Vortrag gekommen. Und das ohne jede Kosten. Natürlich habe er sich am Ende erkenntlich gezeigt. Das alles entnahm Ann-Barbara Cappell dem Protokoll.

Sie wählte die angegebene Mobilnummer. Karl Weimar war sofort am Telefon. Das Hintergrundrauschen zeigte ihr, dass der Zeuge schon wieder unterwegs war. Das war im Prinzip in Ordnung. Sie hatten keine Veranlassung gesehen, ihn festzuhalten.

„Ich sitze im Zug", sagte der Mann.

„Ich wollte noch einmal auf Ihre Fahrt mit dem roten Golf am vergangenen Montag zu sprechen kommen. Können

Sie sprechen?" Und als der Mann bejahte: „Sie haben zu Protokoll gegeben, dass Sie sich gegenüber Hans Steinhöfel erkenntlich gezeigt haben. Wie sah das denn aus?"
„Ich hab' ihm 50 Euro gegeben."
„Ja, dafür haben Sie ja auch eine Quittung bekommen."
Der Mann zögerte. „Ja, das stimmt."
„Dann war es doch ein Geschäft."
Die Stimme des Dozenten wurde spröde. „Ja, das stimmt wohl auch."
„Und keine Erkenntlichkeit."
„Nein, wohl nicht."
„Haben Sie denn 50 Euro bezahlt?"
„Nein, nur 30."
„Und?"
„Und die Quittung über 50 Euro habe ich eingereicht und mir erstatten lassen", gestand der Mann und räusperte sich.
Ann-Barbara Cappell lachte hell auf. Kleinkriminelle, alle beide, dachte sie. Aber für Mord oder Totschlag würde das wohl nicht reichen. Sie wollte sich gerade verabschieden, als sich der Mann noch einmal zu Wort meldete. „Mir ist da noch was eingefallen."
Sie wartete.
„Als ich am Schloss ausstieg, gab es dort einen ziemlichen Tumult. Vor dem Tor parkten zwei Taxis und als wir ankamen, stiegen die Taxifahrer aus und wurden ungemütlich. Also nicht mir gegenüber, aber sie griffen meinen Fahrer an. Dabei war der doch nur nett und hatte mich mitgenommen."
„Ich verstehe." Und nach einer Pause. „Wann war das ungefähr?"
„Kurz vor 20 Uhr. Um acht musste ich ja in die Bütt."

Sie verglich das mit ihrem Protokoll. Ja, die Angaben zur Uhrzeit hatten sich in der Zwischenzeit nicht geändert.
„Könnten Sie die beiden beschreiben?"
„Na, ja. Ich war ja reichlich perplex." Der Mann schien eine Weile zu überlegen. Der Zug machte regelmäßige Fahrgeräusche. „Der eine hatte eine Glatze und trug eine Lederjacke. Aber das tun ja wohl irgendwie alle Taxifahrer. – Obwohl …", wieder eine Pause, „der andere war klein und trug definitiv keine Lederjacke."
„Und sonst?"
„Nichts und sonst. Tut mir leid. Ich bin ja dann gleich los. Die anderen standen um den roten Wagen meines Wohltäters herum."
Sie bedankte sich und beendete das Gespräch.
Dann blätterte sie wieder durch die Protokolle. Das nächste hatte Torsten Weidenfeller verfasst. Er berichtete von seinen Gesprächen im „Dart Vader". Das war am Donnerstag gewesen.
Sie wählte die Nummer von Anton Hübner. Es meldete sich eine Frauenstimme, die russisch sprach. Sie fragte auf Deutsch, die Stimme antwortete auf Russisch. Als das Gespräch absurd zu werden drohte, legte sie einfach auf. Sie nahm sich den Wagen und fuhr zum „Dart Vader". Donnerstag war Russentag, hatte im Protokoll gestanden. Also war heute Taxitag.
Tatsächlich standen ein paar Taxifahrer um die Dartscheibe herum und unterhielten sich bei Wasser und alkoholfreiem Bier. Am Tisch saßen die Russen mit zusammengesteckten Köpfen und redeten. Vor ihnen stand eine ganze Batterie kleiner Gläschen, in denen eine klare Flüssigkeit stand. Von weitem konnte sie riechen, dass das kein Wasser war, sondern …

„Wodka bedeutet auf Deutsch: kleines Wasser. Wussten Sie das?" Sie drehte sich um und schaute in die wässrig blauen Augen von Anton Hübner. Eigentlich ein stattlicher Mann, dachte sie. Er sieht jedenfalls besser aus als auf dem Foto in der Akte.
„Woher wussten Sie?"
„Alle denken das, wenn sie so wie Sie in die Gläser schauen. Russen trinken immer. Ich habe meine Erfahrung." Er hob ein Glas, hielt es ihr unter die Nase, dann trank er es aus. „Das hier ist übrigens wirklich Wasser. Enttäuscht?"
„Sie haben am Donnerstag gegenüber meinem Kollegen ganz schön dick aufgetragen", sagte sie statt einer Antwort. „Wenn man Sie fragt, hatten die Taxifahrer das schönste Motiv."
„Sie müssen das verstehen. Ich wohne seit fast zwanzig Jahren hier", antwortete Anton Hübner. „Aber für diesen Hans Steinhöfel bin ich, sind wir alle immer noch Russen." Er zog seinen Pass hervor. „Hier, mein deutscher Pass, ausgestellt von einer deutschen Passbehörde. Aber macht mich das zu einem Deutschen? Nein. Ich bin in Kasachstan aufgewachsen, in Alma-Ata." Er sprach es Almata aus. „Da hatte ich erst einen sowjetischen Pass, dann – nach dem Zusammenbruch der Sowjetunion – einen kasachischen. Aber für die Leute dort war ich ein Deutscher."
Ann-Barbara Cappell machte sich auf eine Lektion in europäischer Migrationsgeschichte gefasst. Inzwischen bestellte sie eine Fassbrause.
Und sie wurde nicht enttäuscht: „Unsere Urgroßeltern sind aus Deutschland ausgereist – aber das war natürlich im 19. Jahrhundert, also nicht dieses Deutschland –, um sich in den Weiten am Don, an der Donau, am Dnjepr, an der Wolga, auf der Krim anzusiedeln. Meine Großeltern sind

weitergezogen, bis nach Kasachstan. Alles war gut. Dann kam die Russische Revolution, dann kam Stalin – und nichts war mehr gut. Seit ich mich erinnern kann, redete mein Vater davon, dass er wieder nach dem Westen will. Aber daran war lange nicht zu denken."

Ann-Barbara Cappell fand einen Strohhalm und begann, aus der Flasche zu saugen. Anton Hübner verstand die Geste. „Ich erspar' Ihnen das alles. Aber wie würden Sie sich fühlen, wenn Sie nach fast zwei Jahrzehnten hier in Deutschland immer noch als Ausländer behandelt werden? Wir gehen hier wählen, wir zahlen Steuern."

Sie ließ das Gespräch einfach laufen. Wie oft hatte sie das erlebt! Eine Frau kommt in eine Kneipe. Ein Mann stellt sich zu ihr und beginnt zu reden. Und dann heißt es immer, Frauen reden ohne Punkt und Komma. Die Wahrheit ist doch, dachte sie, Frauen können ohne Punkt und Komma zuhören.

„Und dann hängt uns so ein – Entschuldigung: Arschloch Jahr für Jahr im Nacken und erzählt uns, dass wir hier nicht hingehören. Und die Leute aus dem Kosovo fangen an und erzählen das Gleiche. Und wissen Sie warum? Weil sie froh sind, dass Leute wie Hans Steinhöfel das nun nicht mehr über sie sagen, sondern über uns."

„Es gab also immer Randale in der Sommerwiese ..." Mehr brachte sie gar nicht heraus, da legte Anton Hübner schon wieder los.

„Wir haben uns arrangiert, genauso wie hier." Er zeigte auf den kleinen Raum, in dessen einer Ecke die Taxifahrer standen und die Pfeilwürfe bejubelten. „Dienstag stehen wir dort und die anderen schauen zu, wie wir die Pfeile werfen. Das ist unsere Form der Integration. Zwar nur im Kleinen, aber dafür funktioniert sie."

„Jetzt mal ganz was anderes, Herr Hübner: Stellen Sie sich einmal vor, Sie finden so ein Arschloch wie Hans Steinhöfel, leblos zusammengeschlagen, niedergestochen, zusammengetreten, was auch immer, am Boden liegend. Könnten Sie sich vorstellen, dass dann zwei Ihrer Landsmänner – ich weiß jetzt nicht, ob das politisch korrekt ist, ist aber auch egal: Können Sie sich vorstellen, dass zwei Ihrer Landsmänner den aufheben und ins Krankenhaus schaffen?"
Anton Hübner schaute sie lange an. „Das ist unfair", sagte er. „Aber nein. Das kann ich mir nicht vorstellen. – Nicht bei Hans Steinhöfel."
„Zweite Frage: Könnten Sie sich vorstellen, dass ein paar Ihrer Leute den Mann einfach aufheben und über die Mauer werfen?"
„Ist das Ihr Ermittlungsstand?", Anton Hübner musste laut lachen. Dann ging er in die Ecke zum Tisch, nahm sich ein Glas von der Theke, drehte sich noch einmal um und rief noch immer lachend: „Armes Deutschland."
Ann-Barbara Cappell zahlte ihre Fassbrause und ging. Sie wusste, das war kein guter Abgang. Aber sie wusste auch: Montags hatte das „Dart Vader" Ruhetag, und es hatte auch vor der Kneipe keine Zusammenrottung gegeben. Dafür hatte sie einen Zeugen. Sie schaute erneut die Protokolle durch, bis sie fand, was sie suchte. Es war von ihr selbst verfasst worden. „Name: Andreas Böcklundt", stand darüber. Sie las es noch einmal durch, ehe sie in das Schusterählchen ging, um erneut den Blinden aufzusuchen. Er blieb wie beim ersten Mal oben an der Treppe stehen, nachdem er den Türöffner gedrückt hatte.
„Frau Cappell, nicht wahr? Ich erkenne Sie an Ihrem leichten Schritt."

„Ich wollte noch einmal …", begann sie, als sie die letzte Stufe genommen hatte, aber da hatte Andreas Böcklundt schon zu sprechen begonnen.
„Es ist gut, dass Sie kommen. Mir ist nämlich noch etwas eingefallen."
Pause.
„Ja?"
„Ich habe doch etwas gehört am Montag." Pause.
„Ja?" Der eine redete wie ein Wasserfall, der andere nicht – so abwechslungsreich war die Männerwelt.
„Motorengeräusche." Pause.
„Ja!" Jetzt mit Nachdruck. Sie wurde nun doch ungeduldig.
„Also, normalerweise hört sich das so an: Ein Fahrzeug kommt, fast immer handelt es sich um einen Personenwagen. Man hört, wie er in eine Parklücke fährt. Der Motor geht aus, Türen knallen. Menschen reden. Schluss."
Jetzt wartete sie einfach nur noch ab.
„Dann gibt es die, die einmal um den Parkplatz herumfahren, weil sie sich nicht entscheiden können oder weil es keine Parklücke mehr gibt. Kann man auch genau unterscheiden."
Eine kleine Pause trat ein.
„Und dann natürlich das Abfahren: Zapp, die Tür geht auf, die Tür geht zu, der Motor springt an, man hört das hohe Sirren des Rückwärtsgangs. Dann wird geschaltet, Gas gegeben und weg."
„Und am Montag hörten Sie etwas anderes."
„Ja."
Wieder machte der Blinde eine Pause.
„Es war ein schweres Fahrzeug. Auf jeden Fall ein Diesel. Der kam die Judengasse herunter, bog auf den Parkplatz ab und der Motor erstarb. Soweit alles in Ordnung."

Ann-Barbara Cappell drängte den Mann nicht, sie wusste, dass er fortfahren würde.

„Aber dann – vielleicht zwei Stunden später – wollte der Fahrer wohl wieder weg. Aber das schien nicht so einfach zu sein. Erst lief der Motor lange im Leerlauf. Dann hörte ich es hupen. Mehrmals. Ungeduldig. Dann Geschrei. Und dann heulte der Motor wieder auf und die Gangschaltung klickte."

„Sie meinen, der hat rangiert?"

„Ja, ich denke, der Wagen war eingeklemmt oder so etwas. Der Wagen setzte vor und zurück – und ich konnte lange Zeit nicht feststellen, dass er sich entfernte. Schließlich heulte der Motor wieder mit dem hohen Sirren auf, das das Getriebe im Rückwärtsgang macht. Dann starb der Motor ab, wurde wieder angelassen – und das Fahrzeug war weg."

Sie hätte jetzt am liebsten nach dem Kennzeichen gefragt oder der Automarke. Aber dafür hatte der blinde Andreas Böcklundt den Vorgang besser beschrieben als ein Sehender. Sie konnte sich vorstellen, wie ein zugeparkter Lastwagen vor- und zurücksetzte, um sich allmählich aus einer zu engen Parklücke zu bugsieren. Noch einmal rückwärts setzte, den Motor abgewürgt hatte und dann davonfuhr.

„Und dann habe ich noch etwas gehört", Andreas Böcklundt hielt Ann-Barbara Cappell mit seiner Stimme zurück. „Ich glaube, ich habe Hans Steinhöfel gehört." Wie alarmiert drehte sie sich um, was der Blinde möglicherweise spürte. „Also ein Mann kam hier das Schusterählchen herunter. Er hat gehustet wie Hans Steinhöfel. Aber es waren nicht seine typischen Schritte. Sie werden vielleicht lachen, aber ein Blinder spürt so was."

„Ich bin überzeugt, Sie sprechen die Wahrheit", sagte sie. „Eine Frau spürt so was."

„Dann wieder das Husten. Und dann nichts. Ich kann es nicht anders beschreiben, aber ich würde sagen – ich habe nicht gehört, dass er weggegangen ist. Für mich steht er noch da unten."
„Und wann war das?"
„Vielleicht so um 21 Uhr."
„Und der Lastwagen, der rangierte."
„Das war später."
Da hörten sie beide draußen die ersten Schreie.
„Ah, es ist Sonntag – die Jugendlichen haben genug."
Ann-Barbara Cappell schaute hinaus. „Warum hatten sie die Jugendlichen eigentlich nie auf dem Schirm gehabt?", fragte sie sich und plötzlich brach ihr der Schweiß aus. Da war sie, die schreckliche Ermittlungspanne, vor der sie sich schon die ganze Zeit gefürchtet hatte. Der Elefant im Raum, den keiner sieht!
Dann beruhigte sie sich wieder. Es gab überhaupt keine Evidenz, keine Beweislast für eine Vermutung, die Jugendlichen hätten irgendetwas mit der Sache zu tun. Die Zeugenaussagen bezogen sich auf anonyme Jugendliche, die irgendwann freitags oder samstags abends an der Mauer ihre Lebenslust hinausschrien. Weder gab es eine Vermutung, dass es sich immer um die gleichen Personen handeln musste. Noch hatte Hans Steinhöfels Verschwinden jene Tage berührt, an denen diese großen Kinder hier auftauchten. Dennoch, sagte sie sich, für die Aktenlage war es besser, mit ihnen gesprochen zu haben. Sie bedankte sich bei Andreas Böcklundt, stieg die Treppe herunter und verließ das Haus.
Draußen standen vier junge Männer und zwei Frauen. Und aus dem Nachbarhaus hörte man: „Hört denn das nie auf?"

Die Jugendlichen grölten zurück.

„He", rief sie. „Mal halblang." Aber kaum hatte sie sich der Gruppe genähert, liefen die Jugendlichen auseinander. Sie stiegen in ihre geparkten Wagen und fuhren davon.

Gott sei Dank!, dachte Ann-Barbara Cappell. Noch einen Dialog der dritten Art hätte ich auch nicht verkraftet.

Sie setzte sich in ihren Wagen und fuhr zurück zu ihren Kuscheltieren, den Überbleibseln ihrer Jugend. Sie fuhr zurück in ihr Haus auf dem Asterstein.

Torsten Weidenfeller hatte den Sonntagabend bei seinem Vater verbracht – nur sie beide allein. Sie hatten sich das Bundesliga-Topspiel angeschaut: Borussia Mönchengladbach gegen Bayern München. Das Ergebnis ließ zu wünschen übrig – 0:0 –, aber das Spiel war sensationell gewesen. Ein grandioser Manuel Neuer hatte die drei, vier Konter der Gladbacher in deren eigenem Stadion neutralisiert. „Der Junge ist jetzt seit 658 Minuten ohne Gegentor", las der Vater seinem Sohn die Bildunterzeile vor, so als wären keine 35 Jahre vergangen und Torsten immer noch ein kleiner Junge, der nicht lesen konnte.

„Ja", sagte der. „Aber was mich mehr beschäftigt, ist die Tatsache, dass inzwischen 6580 Minuten vergangen sind, seit wir die Leiche von Hans Steinhöfel gefunden haben. Und wir haben immer noch keinen Punkt gemacht bei der Suche nach dem Täter."

„Das Mädchen aus Koblenz ist wohl auch keine große Hilfe." Torsten Weidenfeller winkte ab. „Sie macht ihre Sache ja ganz gut – für eine Anfängerin. Aber ich hatte mir von Buck schon mehr Unterstützung erhofft. Letztlich bin ich ganz auf mich allein gestellt."

„Wo liegt das Problem in dem Fall, mein Junge?"
Torsten gab ihm einen kurzen Abriss. Dann fasste er zusammen. „Unser Problem ist, dass wir keinen genauen Tatort haben, keine Tatwaffe, keinen Tathergang. Wir können das einfach nicht rekonstruieren. Und dann gibt es diese merkwürdige Lücke: Wir haben keine Ahnung, wie der sterbende oder schon tote Hans Steinhöfel über die Stadtmauer abgegangen ist."
„Du meinst, er hatte nicht mehr die Kraft, von alleine da hochzuklettern?"
„Ja – und warum sollte er das auch versucht haben?"
„Ich verstehe", sagte sein Vater. „Das wäre Selbstmord aus Angst vor dem Tod. Die Geschichte mit der Trage klingt plausibel."
„Ja, aber entschuldige. Wenn ich eine Leiche auf der Trage habe, dann verstecke ich sie doch in einem Auto, fahre sie davon. Ich werfe sie doch nicht weg."
„Warum nicht? Vielleicht war kein Auto zur Hand. Im ‚Dart Vader' werden wohl nur die Taxifahrer ein Auto dabei gehabt haben – also scheiden die doch irgendwie aus, oder?"
Torsten Weidenfeller schaute seinen Vater entgeistert an. Das klang überzeugend. „Also die Russen. Ich hatte immer so ein Gefühl." Dann winkte er ab. „Montagabend waren weder Russen noch Taxifahrer da. Die Kneipe hatte geschlossen!"
Es war zum Verzweifeln.

Godehard Bloch saß unterdessen in seinem Ohrensessel, den er genau in der Mitte seines Mehrkanal-Tonsystems positioniert hatte. Er dachte an sein Gespräch mit der Ministerin, der er tatsächlich ein wenig von seinen Erfahrungen mit den psychosomatischen Folgen eines posttraumatischen

Stress-Syndroms berichten konnte. Drei Minuten vielleicht. Aber eigentlich dachte er gar nicht an die Ministerin. In Wirklichkeit dachte er an Ann-Barbara Cappell …

Er hatte sich etwas ganz Besonderes für diesen Sonntagabend ausgesucht. „Just a Poke" – eine uralt-psychedelische Nummer, die er sowohl klassisch auf Vinyl als auch als CD besaß und als digitale Datei, die er gerade abspielen ließ. Die drei Varianten basierten auf derselben Aufnahme – aber es gab Unterschiede, die sich aus dem Medium ergaben: die Vinylscheibe hatte herrliche Kratzer, die ihn an seine Touren über Trödelmärkte erinnerten, wo er solche Schätzchen aufzuspüren liebte. Der digitalen Datei fehlten, da war er sich sicher, oben und unten ein paar Frequenzen.

Soeben tanzte das weltberühmte Perucssion-Solo von Silly Sally durch den Raum. Erstaunlich, was damals – in den siebziger Jahren, lange vor seiner Geburt – schon an Effekten möglich war. Und erstaunlich, wie sich die Technik heute weiter entwickelt hatte. Aber die Musik dieser Jahre hatte die technische Entwicklung überdauert, war immer noch vibrierend, mitreißend.

In seinem ungestörten Gedankenfluss wechselte er plötzlich von der modernen Technik im Allgemeinen zur Drohne im Besonderen. Die Videos – er wollte sich noch die Videos ansehen. Später.

Doch die Konzentration auf die Musik der frühen Siebziger war vorbei. Er sprang aus den Sessel und setzte sich an seinen Laptop. Die Videos auf den beiden Chips machten zusammen kaum eine Viertelstunde Spieldauer aus. Er schaute sich die stark verrüttelten Aufnahmen an, während im Hintergrund – wenn auch nicht mehr aus der besten

Hörposition – die Rhythmen von Silly Sally durch den Raum waberten.

Er sah, wie die beiden Männer vom THW ihr Geschirr anlegten, wie der Einsatzleiter auf sie zuging. Er sah sich im Großen Dienstanzug. Dann sah er die Einstellungen von unten: Wie sich die beiden Männer Schritt für Schritt, Schwung für Schwung den Felsen hinabhangelten. Und dann sah er, wie einer der beiden einen Schlüsselbund hochhob und in die Luft hielt. In diesem Moment war die Drohne auf wenige Meter an ihn herangeflogen. Er konnte das Silberne der Schlüssel in der Sonne blinzeln sehen. Dann sah er einen auffälligen Schlüsselanhänger. Es war eine Miniatur des Montabaurer Schlosses als Relief.

Godehard Bloch zoomte zurück und passte genau den Moment ab, als die Drohne das Bild vom Schlüsselanhänger erfasste. Leicht verwischt war es, das Bild. Aber er war sich sicher, dass es das Schloss war. Und er war sich sicher, dass er so einen Schlüsselbund schon einmal gesehen hatte. Aber wo?

Die Musik endete in drei Akkorden. Das holte ihn aus seinen Träumen. Sicher hatte die Akademie im Schloss solche Schlüsselanhänger zu Tausenden unter die Leute gebracht. Dass er ihn schon mal gesehen hatte, musste überhaupt nichts heißen. Aber die Erinnerung wirkte irgendwie frisch. Doch er konnte sie einfach nicht zuordnen.

Montag

„Ich möchte eine Selbstanzeige machen", sagte Kriminaldirektor Bertram Buck zerknirscht.
Er hatte kurz vor Beginn der Mittagspause bei Staatsanwalt Gerd Zwanziger vor der Tür gestanden und sich nicht abwimmeln lassen. „Es ist wirklich dringend – und ein wenig delikat."
„Ich habe eigentlich eine Verabredung", der Staatsanwalt schaute auf seine Uhr.
„Gerd, es ist wirklich dringend. Es gibt wahrscheinlich neue Erkenntnisse in Sachen ‚Mauerfall'."
Der Staatsanwalt ließ ihn ein. Beide nahmen Platz. Dann holte der Polizist tief Luft und sagte diesen bedeutungsschweren Satz: „Ich möchte eine Selbstanzeige machen."
Jetzt warf sich der Staatsanwalt entsetzt in seinem Sessel zurück. „Bertram, wovon redest du?"
Der Kriminaldirektor wand sich in seinem Stuhl. Dann fasste er sich und sagte: „Es ist möglich, dass ich einen Menschen getötet habe." Und als er in das entsetzte Gesicht des Staatsanwalts schaute und darin sein eigenes Grauen vor sich selbst gespiegelt sah, fügte er hinzu. „Es muss ein Unfall gewesen sein."
Staatsanwalt Zwanziger nahm den Hörer ab und sagte: „Bitte in der nächsten Stunde keine Störung – keine Termine, keine Telefonate, nichts. Sagen Sie das Essen mit dem Oberbürgermeister ab." Und nach einer kurzen Pause: „Bringen Sie uns Sandwiches oder von mir aus diese Burger." Dann wandte er sich seinem Gegenüber zu: „Also dann mal los. Ich bin auf alles gefasst."
„Ich weiß gar nicht, wie ich anfangen soll." Bertram Buck klang wirklich verzweifelt. Dann holte er noch einmal tief

Luft. „Ich bin möglicherweise für den Tod von Hans Steinhöfel verantwortlich, Gerd."
Mit einem Knacks ging der Bleistift, mit dem der Staatsanwalt spielte, entzwei. Ansonsten geschah erst einmal nichts.
„Wie kommst du denn auf dieses schmale Brett? Bertram, so erklär' dich doch endlich."
Stattdessen legte der Kriminaldirektor ein Protokoll vor, dass Ann-Barbara Cappell verfasst und heute früh gemailt hatte. Demnach hatte es am Montag letzter Woche einen Ohrenzeugen gegeben, der ein schweres Fahrzeug auf dem Parkplatz an der Montabaurer Stadtmauer rangieren gehört hatte. „Und so wie der das beschrieben hat, könnte ich das gewesen sein", schrie Buck auf. „Ich habe dort mit meinem Wohnmobil am Montag letzter Woche geparkt!"
„Was hast du denn zur Tatzeit in Montabaur gemacht, Bertram?"
„Ich hatte doch keine Ahnung. Niemand hatte eine Ahnung bis Mittwoch früh, als die Leiche gefunden wurde und wir mit den Ermittlungen begannen." Bertram Buck fasste sich und erzählte alles im Zusammenhang.
Er war am letzten Sonntag mit seinem Wohnmobil nach Montabaur gefahren, um seinem alten Freund Josef Weidenfeller einen Besuch abzustatten. „Der Mann sitzt da im Seniorenheim und verrottet, wenn du mich fragst. Josef Weidenfeller war in der Bundespolizei ganz oben, hatte kurz vor seiner Pensionierung noch miterleben müssen, wie der Bundesgrenzschutz in die Bundespolizei umbenannt wurde und dann neue Aufgaben erhielt."
„Das weiß ich doch alles", winkte Gerd Zwanziger ab. Josef Weidenfeller sei sehr enttäuscht und habe „der Firma" den Rücken gewandt. Sein einziger Trost sei sein Sohn Torsten.

„Aber du kennst ihn ja, Gerd."
Und deshalb halte er, Buck, weiter Kontakt mit Torstens Vater. Und vor einer Woche – am Sonntag – habe er dann sein Wohnmobil von seinem Stammplatz auf dem Campingplatz Rhein/Mosel abgeholt und sei nach Montabaur gefahren. Und er habe das Wohnmobil genau auf jenem Parkplatz an der Stadtmauer abgestellt, von dem aus Hans Steinhöfel in den Tod gestürzt war. Dort habe er auch in der Nacht von Sonntag auf Montag übernachtet. Einen herrlichen Ausblick über den Westerwald habe man von dort.
Aber als er am Montagabend fortfahren wollte, sei sein Wohnmobil vollkommen eingekeilt gewesen. „Es gab praktisch kein Rauskommen."
Er habe eine halbe Stunde verstreichen lassen, sei noch einmal in die Fußgängerzone gegangen, um sich einen Imbiss zu holen. Erst recht spät, vielleicht um 21 Uhr, habe er nach mehrfachem Rangieren mit seinem Wohnmobil endlich losfahren können.
„Aber wo ist das Problem, Bertram?" Gerd Zwanziger war nun ernsthaft irritiert. „Was soll das Gerede von einer Selbstanzeige? Unerlaubtes Campen in Wohngebieten, Bertram, ich bitte dich!"
Der antwortete nicht, sondern zog ein zweiseitiges Protokoll hervor. „Ich habe den beiden in Montabaur aufgetragen, sich noch einmal die Befragungen vorzunehmen. Und Das kleine ABC hat das in aller Gründlichkeit getan, leider. Dieses Protokoll hat sie mir heute früh zugeschickt. Er hielt seinem Gegenüber die beiden Blätter hin.
„Sie hat sich gestern Abend zum zweiten Mal mit einem blinden Anwohner unterhalten, Andreas Böcklundt. Der hat als Ohrenzeuge genau mitbekommen, wie ich dort rangiert

habe. Die Zeitangaben stimmen genau mit meinen Zeiten überein." Der Staatsanwalt begann zu lesen.

„Ich verstehe immer noch nicht."

„Mein Wohnmobil hat genau an der Stelle gestanden, wo sich die Blutspuren von Hans Steinhöfel verlieren. Ich gehe davon aus, dass er auf mein Dach geklettert ist. Wahrscheinlich ist er vor seinen Verfolgern geflüchtet, hat sich auf dem Dach versteckt und war plötzlich für alle unsichtbar."

Allmählich entstand vor den Augen des Staatsanwalts ein Bild. „Und du meinst?"

„Ich bin beim Zurücksetzen gegen die Mauer gekommen, das weiß ich." Es hatte ganz gut gekracht. Deshalb sei er auch noch mal ausgestiegen und habe sich kurz den Schaden angesehen. „Nichts Schlimmes, verstehst du? Aber ich hab' mich natürlich geärgert. Doch was sollte ich machen? Gegen die Mauer bin ich ganz alleine gefahren. Das war nicht die Schuld derjenigen, die mich zugeparkt hatten."

Dann habe er in der Nacht noch den Wagen wieder auf seinem Stammplatz gegenüber dem Deutschen Eck abgestellt. „Es war stockdunkel, ich war hundemüde und wollte nur noch ins Bett." In den nächsten Tagen habe er die ganze Sache mehr oder weniger vergessen, verdrängt vielleicht. Erst gestern Abend habe er sich den entstandenen Schaden so richtig angesehen. Der Schaden an der Stoßstange sei ärgerlich, aber nicht schwer – ein paar hundert Euro vielleicht. Dann sei ihm aber aufgefallen, dass auch die Leiter leicht eingedrückt war. Und um festzustellen, ob das Ganze noch fest und sicher sei, sei er hinaufgeklettert.

„Und?"

„Das ganze Dach war blutverschmiert! Es hatte ja die ganze Woche nicht geregnet und das Blut ist eingetrocknet."

Er habe eine Probe von dem Blut heute Morgen ins Labor gebracht und die Blutgruppe stimme mit der von Hans Steinhöfel überein. Eine genaue Analyse stehe aber noch aus. Dennoch habe er keinen Zweifel.

„Der Steinhöfel hat sich auf das Dach meines Wohnmobils gerettet. Wahrscheinlich hat er sich flach da oben hingelegt, gleich neben der Leiter, hat keinen Mucks mehr gemacht und gewartet, dass sich seine Peiniger zurückziehen. Und als ich dann rückwärts gegen die Mauer gesetzt habe, ist er runtergerutscht – und gleich zwanzig Meter tiefer gelandet. Und dort haben wir ihn dann Mittwoch gefunden."

„Das würde erklären, warum wir keine Blutspuren von dieser Gasse bis zur Stadtmauer gefunden haben", sagte der Staatsanwalt nachdenklich.

„Das würde auch erklären, warum er so einen weiten Schwung über die Mauer genommen hat und erst tiefer mit dem Astwerk in Berührung gekommen war", ergänzte der Kriminaldirektor.

Der Staatsanwalt machte eine lange Pause, in der er mit dem Protokoll spielte. Dann sagte er: „Aber der Pathologe sagt doch, dass Hans Steinhöfel schon tot war, als er den Hang abging."

„Aber dann ist er doch trotzdem auf meinem Wohnmobil verendet. Vielleicht habe ich drinnen gesessen, während er oben sein Leben ausgehaucht hat."

„Keine schöne Vorstellung", bestätigte der Staatsanwalt. Dann schaute er sich die beiden Bleistifthälften an, versuchte sie an ihrer Bruchstelle wieder zusammenzustecken, unterließ es aber dann und warf die Bruchstücke in den Papierkorb.

„Aber es trifft dich auf keinen Fall eine Schuld. Wir machen ein Protokoll, legen das ganz offiziell der Akte bei und informieren die beiden Ermittler."

Der Staatsanwalt stand auf und nahm die Sandwiches entgegen, die seine Sekretärin gerade hereinbringen wollte. Er winkte sie wieder hinaus, dann reichte er Buck einen Teller. „Hier, das kannst du jetzt brauchen. Insgesamt ein schöner Mist." Er biss in sein Sandwich und versuchte mit vollem Mund verständlich zu sagen: „Aber immerhin ist eines der Rätsel in diesem vertrackten Fall gelöst. Jetzt brauchen wir nur noch den oder die Täter. Du bist es jedenfalls nicht, Bertram."
Der schaute ihn erleichtert an. „Gerd", sagte er. „Du kannst dir nicht vorstellen, wie das ist. Da sagt mir der Torsten am Mittwoch, dass sie einen Toten gefunden haben. Und ich sage noch zu ihm – den Parkplatz kenne ich, da war ich doch noch vorgestern. Und dann stellst du fest, dass du ein entscheidendes Glied in der Kette der Indizien bist – wenn nicht mehr." Er hob die Hände und fuhr fort: „Als ich eingeparkt war, hätte ich nur auf das Dach zu schauen brauchen – und ich hätte ein Menschenleben retten können."
„Sieh es mal so, Bertram. Der Blinde hat wahrscheinlich an seinem Fenster gestanden und von oben auf den Wohnwagen draufschauen können", er machte eine ausladende Geste, „wäre er nicht blind gewesen." Dann kam ihm noch ein Gedanke: „Wieso hat sonst niemand aus dem Fenster geschaut – abends, kurz nach neun. Vom ersten Stock aus hätte man die Leiche auf deinem Wohnmobil sehen müssen."
„Weißt du was", sagte der Kriminaldirektor, „man kann ja über den Torsten sagen, was man will. Aber als er ein Profil von allen Fahrzeugen auf dem Parkplatz hatte anlegen wollen, war er fast auf der richtigen Spur."
„Mag sein", sagte der Staatsanwalt. „Aber wir wissen auch, dass Das kleine ABC da oben im Westerwald den Laden schmeißt. Halt sie dir warm. Das wird eine Gute."

„Wie gehen wir jetzt vor?"
Die beiden saßen eine Weile zusammen, kauten Sandwiches und feilten am Wortlaut des Protokolls. Wichtig war ihnen beiden, dass der Zeuge sich selbst gemeldet hatte. Inzwischen war die Blutprobe mit der von Hans Steinhöfel verglichen worden und – ja: mit fast hundertprozentiger Sicherheit waren die Proben identisch. „Und übrigens", sagte Zwanzigers Sekretärin, die weisungsgemäß niemanden vorgelassen hatte, nicht einmal telefonisch, „auch die zweite Probe, die aus der Gasse, passt zum Opfer."
Die beiden nickten einander zu. Dann stellten sie ein Memorandum zusammen, in dem sie ihre Interpretation des Tathergangs zusammenfassten.
Hans Steinhöfel hatte am Montagvormittag wie gewohnt Ludwig Furtwängler in die Stadt begleitet. Dann hatte er eine Anfrage für eine Fahrt erhalten, was sich aus der Quittung in seiner Wohnung ergab. Damit war auch erwiesen, dass er nach dieser Fahrt noch zu Hause gewesen war. Dann gab es eine zweite Fahrt zum Flughafen Köln/Bonn – auch dazu gab es eine Quittung, diesmal in seiner Geldbörse. Schließlich hatte er dort den Dozenten, der eilig zum Schloss wollte, eingeladen. Dort angekommen, haben ihn die beiden Taxifahrer – einer mit Glatze, einer klein, der eine mit, der andere ohne Lederjacke – abgefangen. „Torsten und Das kleine ABC suchen bereits nach den beiden", sagte Kriminaldirektor Buck. „Die werden uns erzählen können, was zwischen 20 Uhr und 21 Uhr passiert ist."
„Wir fahren da jetzt beide hin", sagte Staatsanwalt Zwanziger. „Ich habe das Gefühl, dass es heute noch zu einer Verhaftung kommt. – Sicherheitshalber beantrage ich Durchsuchungsbefehle bei Stefan Streller, Anton Hübner, im ‚Dart Vader'

und so weiter. In einer Stunde sollte der Richter so weit sein. Los geht's." Gerd Zwanziger fühlte sich in seinem Element. Kollegen rauspauken, den Fall abschließen, den Täter einkassieren – das war nach seinem Geschmack.

Für Ann-Barbara Cappell hatte dieser Morgen mit dem sicheren Gefühl begonnen, dass der Tag eine Entscheidung bringen würde. Entweder würden sie den Fall nie lösen oder heute, das sagte ihr ihre Intuition.
Und die hatte sich auch nicht verflüchtigt, als sie die Protokolle der Gespräche von Sonntagabend zu Papier gebracht und gemailt hatte. Dann hatte sie sich aus ihrem Schlafanzug gelöst, war unter die Dusche gegangen, um – von abwechselnd heißen und kalten Strahlen erfrischt – noch einmal alles zu durchdenken. Als Nächstes musste sie die beiden Taxifahrer finden, mit denen Hans Steinhöfel am Montagabend um 20 Uhr offensichtlich eine Auseinandersetzung gehabt hatte. Dann hoffte sie, dass der rote Golf weitere Aufschlüsse geben würde. Immerhin ließ sich der Hergang inzwischen verdichten:
Hans Steinhöfel war um 20 Uhr beim Schloss angekommen. Nach der Auseinandersetzung mit den beiden Taxifahrern war er zur Kalbswiese gefahren und hatte dort seinen Wagen abgestellt. Vorher oder nachher mussten ihm die Stichwunden beigebracht worden sein. Dann hatte er sich von der Kalbswiese zur Fußgängerzone und durch das Schusterählchen zum Parkplatz geschleppt, hatte dabei Blut verloren, war geschwächt stehen geblieben und dann – durch die Luft geflogen.
Hier hörte sie regelmäßig in ihren Überlegungen auf. Sie musste sich darauf konzentrieren, zunächst die Tat

aufzuklären – und das waren die beiden Stiche. Dazu war klar, dass sie die Glatze und den Kleinen finden mussten.
Sie stieg aus der Dusche und rief in der Montabaurer Polizeiinspektion an, nackt wie sie war. Torsten Weidenfeller beglückwünschte sie zu ihren Erkenntnissen von gestern Abend. Die Protokolle hatte er schon gelesen. „Kümmere dich um die beiden Taxifahrer", schlug er vor. „Wende dich an Stefan Streller oder seinen Alten, die werden uns die Leute schon zeigen, die wir suchen."
Er wolle unterdessen noch einmal in die Sommerwiese fahren. Die Auseinandersetzungen zwischen den Volksgruppen in diesem Stadtteil habe Hans Steinhöfel stets kritisiert, vielleicht sogar geschürt. „Es wäre doch spannend zu sehen, wie sich die Beziehung unter den Nachbarn so entwickelt – nach der Beerdigung und dem Wochenende."
Dann machte er eine Pause. „Übrigens, schau mal in deine Mailbox. Die Berichte von der KTU sind da."
Der rote Golf war mit Sicherheit noch einmal bewegt worden. Das heißt, er wurde der Polizei auf der Kalbswiese wie auf dem Präsentierteller vorgeführt. Und zwar, nachdem er grundgereinigt worden war – mit 3-Butoxy-2-propanol. „Klingt gefährlich, ist auch auf jeden Fall brennbar, aber wohl eine handelsübliche Substanz, die vor allen in professionellen Reinigungsmitteln verwendet wird", erklärte er ihr. „Also Großabnehmer oder so. Jedenfalls gibt es in dem Fahrzeug keinerlei Fingerabdrücke, keine Blutspuren, keine Haar- oder Hautpartikel." Nach Ansicht der KTU müsse da ein Hochdruckreiniger durchgegangen sein. Wahrscheinlich sogar mehrmals.
„Die Täter werden die halbe Woche damit verbracht haben, das Ding spurenfrei zu bekommen." Er machte eine Pause.

„Da ist noch was. Das Blut im Schusterählchen ist mit hoher Wahrscheinlichkeit von Hans Steinhöfel. Gratuliere." Er machte wieder eine Pause. „Dann gibt es noch eine Blutprobe, die von Bertram Buck eingereicht wurde – und ebenfalls Hans Steinhöfels Blut ähnlich ist. Weißt du etwas davon?"

Sie zuckte die Schultern, beendete das Gespräch und trocknete sich ab. Dann suchte sie mit großer Sorgfalt ihre heutige Kleidung aus. Sie wollte Autorität ausstrahlen, dachte sie sich. Deshalb waren Leggins und T-Shirt vielleicht nicht genug, Jeans-Anzug war letzte Woche schon. Rock oder Kleid gingen gar nicht. Sie wollte nicht als Püppchen dort auftreten.

Once you go black, you'll never go back", obwohl sie den frivolen Hintergrund dieses Satzes durchaus kannte – aber selbst noch keine einschlägigen Erfahrung in dieser Richtung gemacht hatte –, kam ihr der Satz heute doch passend vor. Für sich selbst übersetzte sie ihn in das eher harmlose: „Einmal schwarz, immer schwarz" und griff in die Trickkiste. Schwarze Chinos, schwarzer Rollkragenpullover, silberne Halskette, schwarze, lange Lederjacke und die reflektierende schwarze Cop-Brille, die sie als Geschenk zur bestandenen Bachelor-Prüfung erhalten hatte. Dazu schwarze Plateau-Schuhe, die ihr fünf Zentimeter mehr Bedeutung gaben.

Dann überlegte sie einen Moment, betrachtete sich vor dem Spiegel, nickte sich zu und ging zu einem gesondert gesicherten Schrank, in dem ihre Dienstwaffe lag.

Als Kriminalbeamtin hatte sie eine Uniform zur Verfügung, durfte aber in Zivil auftreten. Auch das Mitführen einer Waffe war ihrer eigenen Lagebeurteilung überlassen. Und heute beurteilte sie die Lage eben so, dass ihr eine kleine Ausbeulung unter der Lederjacke noch mehr Überzeugungskraft verleihen würde. Zwar füllte sie Patronen ins Magazin und lud auch einmal durch, sicherte dann die Kanone, um sie sich im Halfter über die Schulter an die rechte Hüfte zu hängen. Benutzen wollte sie das Ding jedoch auf keinen Fall. Gegen wen auch?

Sie wollte gerade die Haustür schließen, als ihr privates Handy klingelte. Sie erkannte die Nummer nicht, nahm aber ab. Die Stimme in ihrem Ohr erkannte sie sofort: Godehard Bloch. „Woher haben Sie meine Nummer?"

„Die haben Sie mir vor einem halben Jahr geben, als wir in diesem Jazz-Club zusammensaßen. Schon vergessen? Ich werfe nie etwas weg, bevor ich nicht eine Kopie gemacht habe." Sie konnte hören, dass er grinste.

„Ja, das ist jetzt ...", sie kramte nach ihre Autoschlüsseln, „... schön, dass Sie mich mal privat anrufen, aber ...", sie betätigte den automatischen Türöffner, der mit einem „Fapp" dem Befehl folgte, „... aber das ist jetzt richtig unpraktisch. Ich bin grade in einem Einsatz."

„Und ich hoffe, dass ich Ihnen dabei helfen kann." Der Mann hatte wirklich Selbstbewusstsein.

„Wie soll das gehen? Ich werde Ihnen nicht sagen, was ich gerade tue."

„Ich könnte mir denken, Sie sind unterwegs zu den Taxileuten ..."

„Wie kommen Sie darauf?", sagte sie, um dann sofort hinzuzufügen: „Also das ist keine Bestätigung Ihrer Annahme."

„Ich habe zwei und zwei zusammengerechnet gestern Abend. Also, genau genommen drei und drei. Und ich denke, das haben Sie auch getan."

„Also schießen Sie los. Sie haben eine Minute." Cool bleiben, ermahnte sie sich.

Godehard Bloch sprach schnell, so als wollte er tatsächlich die Minutenfrist einhalten. Er erzählte ihr, dass er sich gestern die Videos von seinem ersten Drohnenflug angeschaut habe. Dabei sei das meiste ziemlich verwackelt, aber die Nahaufnahmen von dem Schlüsselfund seien doch ziemlich gut gelungen. „Die Oktobersonne hatte ich genau hinter mir. Und die hat das perfekte Licht geboten."
Deshalb sei der Schlüsselbund auch gut zu erkennen gewesen. Ein Relief des Montabaurer Schlosses. Das gebe es zwar wahrscheinlich zu Tausenden, aber er, Bloch, habe sich die ganze Nacht den Kopf zermartert, wo er so einen Schlüsselanhänger schon einmal gesehen habe. „Und heute Morgen unter der Dusche ist es mir plötzlich wie die Schuppen … Ach, das ist jetzt kein gutes Bild."
Bloch machte dann eine Kunstpause und erinnerte die Polizistin daran, dass sie doch am Samstag nach der Beerdigung im Café Görg zusammengesessen hatten. Und wer hatte da mit so einem Schlüsselanhänger gespielt?
„Stefan Streller", jetzt fiel es auch ihr wieder ein. Sie hatten über Uber gesprochen und wie Hans Steinhöfel diese Geschäftsidee für sich übernommen hatte. Und dabei hatte der Taxiunternehmer mit seinem Schlüssel gespielt.
„Danke für den Hinweis", sagte sie und wollte schon auflegen, als ihr Gegenüber fragte: „Krieg ich noch eine Minute?"
„Okay. – Noch eine. Aber ich muss wirklich los."
„Haben Sie keine Freisprechanlage? Ich rufe dann noch mal an, wenn Sie unterwegs sind."
Zwei Minuten später hatte sie Godehard Bloch im Ohr. Er wolle ihr noch einmal die Gesprächssituation im Café Görg ins Gedächtnis rufen. Vater und Sohn Weidenfeller, Vater und Sohn Streller, dann seine Tante und er und schließlich

sie selbst. Sie erinnerte sich, allerdings auch an die unguten Gefühle, die in ihr aufgekommen waren, als sie feststellte, dass sie die einzige ohne familiäre Bindung am Tisch gewesen war. Wieder wurde ihr deutlich, wie sehr sie ihre Eltern vermisste.
„Und dann haben wir über das vermisste Auto gesprochen. Diesen roten Golf. Und Stefan Streller hat einen Mitarbeiter angerufen, einen Horst."
„Ich erinnere mich."
„Er sagte so etwas wie: ‚Sag' es den Kollegen, es ist dringend, ihr versteht schon.'"
„Ja."
„Und keine halbe Stunde später bekommen Sie einen anonymen Anruf, dass das Auto gefunden wurde. Ganz in der Nähe. Ganz zufällig."
„Da haben Sie recht." Auf einmal fügten sich die Puzzleteilchen zusammen. Der Wagen war noch bewegt worden, während die Blätter vortäuschen sollten, dass der Wagen seit Montag dort stand. Dafür hatten sie die Zeit genutzt, alle Spuren im und am Fahrzeug zu verwischen. Nur, dass sie nicht an den Schlüsselbund gedacht hatten. Der war bei dem Versuch, Hans Steinhöfel über die Mauer zu bringen, verloren gegangen.
Hastig bedankte sie sich bei ihrem Informanten. „Jetzt muss ich aber wirklich weiter." Dann konzentrierte sie sich auf die Schnellstraße zwischen Koblenz und Montabaur. Gefrühstückt würde später – vielleicht im Café Görg mit Gerlinde Bloch. Der Gedanke amüsierte sie. Sie könnte etwas mehr über deren Neffen erfahren.

Torsten Weidenfeller hatte sich vier uniformierte Kollegen geschnappt und war im Konvoi von drei Fahrzeugen zur

Sommerwiese unterwegs. Anders als seine Kollegin vor vier Tagen nahm er den schnelleren, südlichen Weg. Sie fuhren am Krankenhaus vorbei, am weithin sichtbaren Anwesen des Internet-Unternehmers, bogen links ab Richtung Gelbachtal, dann noch einmal links und sofort rechts in die untere Roßbachstraße. Sie hatten vereinbart, dass die beiden Streifenwagen die westliche und östliche Ausfahrt der Herderstraße blockieren sollten. Er stellte seinen Wagen vor dem Haus Nummer 17 ab – in der zweiten Parkreihe.
Die Straße lag verlassen da an diesem Montagmorgen. Er klingelte bei Anton Hübner. Niemand öffnete.
Er klingelt bei allen anderen Hausbewohnern. Niemand reagierte. „Gestern wäre besser gewesen", dachte der Kriminalhauptkommissar.
Er klingelte gegenüber. Nach einer Weile hörte er den Türsummer. Er sprang ins Treppenhaus und schaute zwischen dem Treppengeländer hinauf. Oben konnte er das Gesicht eines alten Mannes sehen. Natürlich. Das war Ludwig Furtwängler.
„Schön, dass Sie mich einmal besuchen, Torsten", sagte der und wartete, bis der Polizist die zweimal acht Stufen zu ihm hinaufgesprungen kam.
„Wo sind denn alle?", fragte er, als er bei dem Alten ankam.
„Die Hübners sind wohl ausgeflogen."
„Na, Sie sind gut. Der Anton arbeitet doch bei Sigmaplast, drüben in Heiligenroth. Und seine Frau, die Katharina, putzt oben im Schloss. – Vor zwölf Uhr sehen Sie die nicht wieder. Und das wird Ihnen auch nichts nützen. Die versteht kaum ein Wort Deutsch. – So viel zum Thema Russlanddeutsche."
Daraufhin ging der Alte in seine Wohnung, ließ die Tür aber offen. Der Polizist nahm das als Aufforderung, ihm

nachzugehen. Er folgte ihm durch einen schmalen Flur in die Küche. Die Wohnung hatte denselben Zuschnitt wie die von Hans Steinhöfel, nur spiegelverkehrt. Auch hier diente die Küche zugleich als Esszimmer. Dort saß Ludwig Furtwängler jetzt an einem kleinen Küchentisch für zwei und schenkte sich eine Tasse schwarzen Kaffee ein. Eine zweite Tasse stand bereit.
Doch diese Tasse blieb ungefüllt. Von draußen hörte man plötzlich Geschrei. „Das ist hier kein Ghetto. Wir sind nicht eure Gefangenen!"
Torsten Weidenfeller stürzte auf die Straße. An dem der Stadt zugewandten Ausgang der Herderstraße hatten sich ein paar Leute vor dem Streifenwagen aufgebaut. Die beiden uniformierten Beamten standen dort links und rechts und hatten das Pfefferspray in der erhobenen Rechten. Offensichtlich waren einige der Bewohner auf dem Weg nach Montabaur angehalten worden. Männer und Frauen standen da, riefen oder kreischten. Dann schlug der erste zu.

Als Ann-Barbara Cappell auf die dreispurige Umgehungsstraße um Neuhäusel einbog, wartete sie noch, bis ihrer Fahrtrichtung zwei der drei Fahrbahnen zugewiesen wurden – dann gab sie Gas, um die Schlange, die sich hinter einem Tankwagen formiert hatte, zu überholen. Mit leicht überhöhter Geschwindigkeit, vielleicht 140 Stundenkilometer – sonst würde sie auf der kurzen zweispurigen Strecke nicht an dem Sattelschlepper vorbeikommen. Dennoch sah sie im Rückspiegel, dass der schwarze BMW hinter ihr die Lichthupe aufblitzen ließ. Einmal, zweimal, dreimal.
Spinnt der, dachte sie und grinste plötzlich über ihren spontanen Gedanken: „Na, warte. Ich bin bewaffnet." Dennoch

zog sie, als sie den Tankwagen überholt hatte, auf die rechte Spur und ging vom Gas. Der BMW zog an ihr vorbei, das Beifahrerfenster öffnete sich und eine rote Kelle wurde herausgehalten und leicht geschwenkt. „Bitte folgen!" Sie fuhren noch ein paar hundert Meter, dann zeigte sich auf der linken Seite ein Waldparkplatz, in den das vorausfahrende Fahrzeug jetzt einbog. Sie unterdrückte den Impuls, einfach weiter geradeaus zu fahren.

„Mist, Mist, Mist", fauchte sie und erinnerte sich dann daran, dass sie ja gewissermaßen auf einer Einsatzfahrt war – verdeckt, natürlich. Sie würde aussteigen, ihr schwarzes Outfit präsentieren, ihren Dienstausweis aus der Brusttasche ziehen (wo sie ihn sonst nie hatte), die Brille mit dem Zeigefinger zur Nasenwurzel hochschieben und sagen: „Mein Name ist Cappell, Ann-Barbara Cappell. Ich bin in geheimer Mission unterwegs." Dann würde sie schallend lachen, den verdutzten Kollegen einen freundschaftlichen Klaps geben, einsteigen und durch das Fahrerfenster zu ihnen sagen: „Mehr erfahren Sie bei Kriminaldirektor Bertram Buck."

Nur, dass der jetzt in der Fahrertür erschien. Und rechts erkannte sie Staatsanwalt Zwanziger als den Mann mit der Kelle.

„Was für ein Spaß", lachte Buck. „Sie müssten jetzt mal ihr Gesicht sehen. Das kleine ABC macht große Augen – na immerhin."

Er stellte sich neben den linken vorderen Kotflügel und legte seinen linken Arm über das Fahrerfenster. Staatsanwalt Zwanziger trat hinzu – Buck gegenüber und legte seinen rechten Arm auf das Autodach. „Wir verhaften Sie wegen überhöhter Geschwindigkeit in Tateinheit mit Amtsmissbrauch, Ruhestörung, Landfriedensbruch und ...", weiter kam er nicht vor Lachen.

Dann wurde er ernst. „Frau Kollegin, wir sind froh, dass wir Sie hier erwischen. Wir müssen uns mal ganz dringend synchronisieren."
„Was machen Sie beide eigentlich hier?", fragte die Frau Kollegin entgeistert. Diese Fahrt nach Montabaur bot nun wirklich eine Reihe von Überraschungen. Mehr brauchte sie für heute eigentlich nicht.
Buck erklärte ihr die Sache mit seinem Wohnmobil. Dann ergänzte Staatsanwalt Zwanziger ihre Sicht der Dinge – dass ja nun die Lücke zwischen dem blutend herumirrenden Hans Steinhöfel und seinem Sturz geschlossen sei. Dank ihrer späten Ermittlungen gestern Abend hätte sich ja auch der Verlauf der letzten Stunden bis 20 Uhr geschlossen. „Uns fehlt jetzt noch die Stunde zwischen 20 Uhr und 21 Uhr – und dazu nehmen wir uns die beiden Verdächtigengruppen vor."
„Das läuft doch schon", sagte die Kommissarin. „Ich bin auf dem Weg zu den Taxifahrern, Torsten dürfte schon in der Sommerwiese sein." Dann dachte sie einen Moment nach. „Aber ich fürchte, Sie sind nicht ganz auf dem neuesten Stand." Sie erzählte von dem Schlüsselfund. Davon, dass sich Stefan Streller gestern im Café Görg ein wenig auffällig benommen hatte. Davon, dass sie, Das kleine ABC, davon ausgehe, dass sie gestern mächtig vorgeführt worden waren. „Der Wagen war kaum eine halbe Stunde da, nachdem wir erwähnt hatten, dass wir jetzt mit allen Kräften danach fahnden. Und er war bewegt worden, also für uns wie auf dem Präsentierteller abgestellt worden. Und er weist praktisch keine verwertbaren Spuren auf."
Die beiden nickten. Das sei schon alles richtig und gute Polizeiarbeit. Aber dann müsse sie, Das kleine ABC, den beiden gestandenen Ermittlern doch bitte schön auch einmal

erklären, wie denn der Schlüssel in den Hang gekommen sei. „Das würde die These erhärten, dass der verletzte oder tote Hans Steinhöfel tatsächlich von Dritten aktiv, vielleicht mit einer Trage, über den Zaun geworfen worden ist", sagte der Staatsanwalt. Aber nun sei ja gleichzeitig die unselige Tatbeteiligung des Kollegen Buck erwiesen.
„Was machen wir jetzt mit dem Schlüssel?", fragte Buck.
Sie schauten sich an. Dann sagte die Kommissarin: „Ich hole jetzt den Schlüssel aus den Akten und zeige ihn Stefan Streller. Dann werden wir ja sehen, welche Erklärung er hat."
„Und wir fahren zur Sommerwiese", sagte Zwanziger. „Die Durchsuchungsbefehle habe ich dabei."
„Aber warum?", fragte die junge Kollegin. „Welchen Anhaltspunkt haben wir dafür?"
„Motiv und Gelegenheit, junge Frau", sagte Zwanziger. „Nach Ihren Ermittlungen haben sich die Leute aus der Sommerwiese gegenseitig ein Alibi gegeben. Das ist so gut wie nichts wert." Nach allen Ermittlungsanstrengungen gebe es immer noch die Erkenntnislücke, was genau zwischen 20 Uhr und 21 Uhr in Montabaur passiert sei.
Die beiden fuhren los. Ann-Barbara Cappell saß noch eine Weile tief in Gedanken. War sie so blauäugig, dass sie die Verdachtsmomente, die gegen die Russlanddeutschen sprachen, einfach nicht sah? Oder waren die beiden – und auch Torsten, musste sie sich eingestehen – einfach so verbohrt, ja voreingenommen, dass sie die deutlichen Indizien, die sie in Händen zu halten glaubte, nicht erkannten, nicht anerkannten, nicht anerkennen wollten?
Und umgekehrt: Welche Bedeutung hatte nun noch der Schlüsselbund, wenn doch der eigene Vorgesetzte zugab, den Toten über den Zaun befördert zu haben.

Sie beschloss, Stefan Streller einfach ganz offen zu fragen. Deshalb fuhr sie zu Torsten Weidenfellers Büro, fischte aus der Akte den Schlüsselbund in seinem Asservatenbeutel hervor und machte sich auf den Weg zum ICE-Bahnhof. Dort, wusste sie, würde sie immer ein oder zwei Taxis vorfinden. Und dann würde man weitersehen.

Erst war es nur ein wenig Schubsen gewesen. Die beiden Uniformierten hatten deutlich gemacht, dass hier vorerst kein Durchkommen möglich sei. Dann hatten sie ihre Kollegen von der anderen Seite um Hilfe gerufen. Die waren mit dem Streifenwagen im Schritttempo durch die Herderstraße gefahren und hatten nun die Gruppe der Anwohner, die in die Stadt wollten, von hinten eingeklemmt.
Die Lage war äußerst bedenklich, erkannte Torsten Weidenfeller, als er sich nun im Laufschritt der Zusammenrottung näherte. Hinter ihm folgte – deutlich langsamer – Ludwig Furtwängler. Und weitere Anwohner, meist Frauen, angelockt durch das Geschrei an der Ecke zur Jakob-Hannappel-Straße, kamen hinzu.
„Warum liegt der Mann am Boden?", fragte der Kriminalhauptkommissar, als er sich einen Weg gebahnt hatte.
„Weil er versucht hat, mich zu schlagen", antworte einer der Uniformierten. „Da habe ich ihn übermannt und unschädlich gemacht."
Torsten Weidenfeller zuckte die Schultern. Dann drehte er sich um, den Streifenwagen im Rücken und hob die Stimme: „Bitte bleiben Sie ruhig. Jeder kann gehen, wohin er will. Aber bitte unterstützen Sie die Polizeiarbeit. Wer sich ausweist, kann passieren." Das Ergebnis war völlig überraschend. Die Frauen, die die Mehrheit in der Gruppe

bildeten, zogen sich zurück. Die Männer dagegen erhoben Protest. „Dazu habt ihr kein Recht."
Und das stimmte leider. Er sah, dass sich die Frauen in ihre Häuser zurückzogen. Blieben sie einfach zu Hause, oder holten sie ihre Personalausweise? Natürlich. Wer hatte schon immer seinen Ausweis mit, wenn es ums Brötchenholen ging? Er zeigte auf Ludwig Furtwängler, der sich inzwischen durch die Gruppe der verblieben Männer gearbeitet hatte. „Wollen Sie jetzt etwa auch hier durch?"
„Ja", sagte der. „Es ist Montagvormittag. Seit Jahren gehe ich um diese Zeit in die Stadt. Und das werde ich auch heute tun. Sie werden mich daran nicht hindern." Er marschierte weiter – Schritt, Schritt, tack. Linker Fuß, rechter Fuß, dann der Rollator. Er würdigte niemanden eines Blickes, den Kriminalhauptkommissar nicht, den Uniformierten nicht, der sein Pfefferspray noch immer in der Hand hielt. Aber dann blieb er doch stehen. Aus der Jakob-Hannappel-Straße näherte sich ein Kleinbus der Firma Sigmaplast, aus dem sich nun Anton Hübner und andere schälten, die er aus dem „Dart Vader" kannte.
„Was ist hier los?", donnerte Hübners Stimme.
Er hatte kaum den Kleinbus verlassen, als er auch schon die Szene beherrschte. „Männer", rief er, „ihr könnt gehen, wohin ihr wollt. Es gibt keinen Grund, euch hier festzuhalten." Damit baute er sich vor Torsten Weidenfeller auf. „Oder können Sie mir etwas vorweisen, das ich akzeptieren müsste?"
Der Angesprochene schaute zu Boden, zog dann die Hose erst hinten, dann vorne hoch, wie um sich zu wappnen, und sagte dann zu seinen Kollegen: „Lassen Sie die Leute gehen." Dann schaute er Hübner an: „Aber wir beide unterhalten uns jetzt mal richtig."

„Gerne", sagte der. „Und ich brauche auch eine Bescheinigung für meinen Arbeitgeber, dass es sich hier um einen polizeilichen Sondereinsatz handelt. Ich habe mich schließlich von meinem Arbeitsplatz entfernt."
In dem Moment bog ein weiteres Fahrzeug in die Herderstraße ein. Es waren Buck und Zwanziger, die sich jetzt einen Überblick über die Lage verschafften.

Ann-Barbara Cappell parkte ihren Wagen in einer der Parkbuchten an der Bahnstraße, die parallel zum Bahndamm der ICE-Strecke verlief, stieg aus und ging die wenigen Meter bis zum Treppenaufgang des Bahnhofs zu Fuß. Wie sie vorhergesehen hatte, standen einige Taxis direkt vor dem Fußgängerübergang zum Omnibusbahnhof. Sie schaute hinüber. Wieder war im Hintergrund das Schloss zu erkennen. „Kafka!", dachte sie.
Sie setzte sich auf die Treppe, um sich das Treiben vor dem ICE-Bahnhof einen Moment lang in Ruhe anzuschauen. Offensichtlich war gerade ein ICE aus Richtung Frankfurt eingetroffen, wie man an den Bremsgeräuschen, die sich von Süden näherten, erkennen konnte. Wenig später hasteten die ersten Reisenden die Treppe hinunter. Ein Mann mit Rollkoffer und Laptop-Tasche steuerte die Taxis an, wurde von einem der Fahrer abgefangen, zum dritten Wagen in der Reihe geführt und abtransportiert. Interessant, dachte sie. Normalerweise steigt man doch ganz gesittet in das erste Taxi. Und wenn nicht, gibt's gleich Proteste.
Ein weiterer Wagen schloss die Lücke, die durch die Abfahrt des Wagens an der dritten Position entstanden war. Wieder näherte sich ein Passagier, eine ältere Frau, die mit leichtem Gepäck, aber schwerem Gang auf die Taxis zusteuerte. Auch

sie wurde von einem der weiter hinten postierten Fahrer in Empfang genommen, freundlich auf den Rücksitz bugsiert und – ab ging die Post. Der nächste Fahrgast stieg vorne ein und das Taxiballett bewegte sich geschlossen eine Position nach vorne.

Nur wenige Menschen machten sich auf den Fußweg in die Stadt, die meisten blieben am Busbahnhof stehen und warteten auf ihre Verbindung zu den umliegenden Gemeinden. Ein paar Passanten steuerten die gegenüberliegenden Bürogebäude an. Dann war wieder alles still. Oben hörte man, wie der ICE mit leichtem Singen anzog, Fahrt aufnahm und Richtung Köln beschleunigte.

Zwei Taxen waren noch da, deren Aufkleber auf den Türen zwei unterschiedliche Taxiunternehmen auswiesen. Keines davon war Taxi Streller. Sie schritt bis zum ersten Fahrer vor, der öffnete mit einem Knopf in der Mittelkonsole seines Passats das Beifahrerfenster. „Wo soll's denn hingehen, junge Frau?"

„Können Sie mir mal erklären, warum Sie jetzt leer ausgegangen sind? Sie standen an zweiter Stelle, drei Passanten sind in die hinteren Wagen eingestiegen, aber keiner bei Ihnen?"

„Sind Sie von der Gewerbeaufsicht?", fragte der Mann hinterm Steuer und wirkte keineswegs freundlich.

„Schlimmer", sagte sie und zeigte ihren Dienstausweis.

Der Mann sprang geradezu aus seinem Fahrzeug, umrundete den Kühler und stellte sich vor sie: „Das sind Vorbestellungen."

„Und warum steigen die dann hinten bei den letzten Wagen ein? Der Weg ist doch viel weiter."

„Das hat sich so eingebürgert. Hast du eine Vorbestellung, dann nimmst du natürlich nicht den Wagen, der für

Zufallsgäste eine gute Position hat." Dann zögerte er. „Aber ich hab schon zu viel gesagt. Wenn Sie mehr wissen wollen, rufen Sie meinen Chef an." Er reichte ihr eine Visitenkarte.
„Taxi Kasper", las sie. Und als Adresse: „Hinterer Rebstock".
„Schöne Adresse. Wo ist denn das?"
„Oben am Schloss", sagte der Mann, dann nahm er sein Handy ans Ohr, während er gleichzeitig mit dem Daumen eine Kurzwahltaste aktivierte. „Ja, Bernd hier. Hier unten ist die Kriminalpolizei und stellt Fragen."
Inzwischen näherte sich ein weiteres Taxi, dem Werbeaufdruck nach von Taxi Streller.
Sie ließ Bernd stehen und ging zu dem Neuankömmling. Allmählich sehe ich aus, als wäre ich hier auf dem Taxistrich, dachte sie. Aber nicht in Schwarz, oder?
Auch dieser Taxifahrer ließ das Fenster an der Beifahrerseite per Knopfdruck herunter, beugte sich zu ihr hin und fragte: „Haben Sie vorbestellt? Sonst müssen Sie das erste Fahrzeug nehmen."
„Tatsächlich weiß ich, dass es freie Taxiwahl gibt", antwortete sie und zeigte ihren Ausweis. Dann sagte sie den Satz, den sie in ihrer Zeit bei der Schutzpolizei mindestens hundertmal gesagt haben musste: „Würden Sie bitte einmal aussteigen!"
Der Mann war schnell draußen, blieb aber auf seiner Seite des dunklen BMW und schaute, knapp nur, über das Dach des Wagens zu ihr hinüber.
„Sind Sie Horst?", fragte sie einer Eingebung folgend.
Der Mann nickte. Treffer!
„Schönen Gruß von Stefan, ich soll Ihnen das hier geben."
Sie hielt den Schlüsselbund aus der Akte hoch und lächelte.
Jetzt kam der Mann doch herum – allerdings ging er hinten entlang. Im Vorbeigehen öffnete er die Heckklappe des

Wagens. Ihr Griff ging instinktiv zur Waffe. Dann dachte sie: Der wird doch nicht hier auf offener Straße einen Showdown veranstalten.

Er holte aber nur eine Riesenflasche Spezialreiniger hervor und einen Putzlappen. Damit begann er an den Türgriffen zu wienern, während er sich ihr näherte. Dann schaute er direkt auf den Schlüsselbund, den die Kommissarin vor sich in die Höhe hielt. „Der gehört mir nicht."

„Wem denn?"

„Weiß nicht. Ist keiner von uns."

Ohne den Fahrer aus den Augen zu lassen, drückte Ann-Barbara Cappell auf die Fernbedienung des elektronischen Schlüssels. Sie hörte, wie das Fahrzeug reagierte. Als sie hinschaute, blinkten die gelben Lampen noch. „Der Wagen glaubt aber doch, dass er Ihnen gehört", sagte sie mit einem Grinsen, das sie sich wirklich nicht versagen konnte.

„Oh, oh", machte sie in einem Ton, als habe sie einen schweren Fehler bemerkt. Dann fügte sie hinzu, wieder den stocksteifen Fahrer fixierend: „Fahren Sie jetzt besser nicht weg. Sie kommen nicht weit. Ich schieße sowieso auf Ihre Reifen." Mit der freien Hand schob sie die Lederjacke zurück, um ihren Halfter sehen zu lassen. Wie Django, dachte sie. Und: Wie geil ist das denn?

Plötzlich spürte sie, dass die beiden Taxifahrer aus den ersten beiden Fahrzeugen sich ihr von hinten näherten. Mit einer blitzschnellen Drehung hatte sie zwei Schritte zur Seite gemacht, so dass sie alle drei im Blick hatte. Dann zog sie ihr Smartphone hervor, wählte Torstens Handynummer und sagte: „Ich brauche Verstärkung."

„Wir auch", antwortete Torsten Weidenfeller, der neben dem Streifenwagen stand und Staatsanwalt Zwanziger dabei zuhörte, wie er Anton Hübner auf offener Straße vernahm. Oder war es eher umgekehrt?

„Was haben Sie gegen uns in der Hand?", fragte der und antwortete selbst. „Nichts." Dann fragte er wieder: „Mit welchem Recht halten Sie diese Leute hier fest?" und gab sich erneut selbst die Antwort: „Mit keinem Recht." Dann machte er einen Schritt auf den Staatsanwalt zu. „Also hauen Sie ab! Kommen Sie wieder, wenn sie etwas in der Hand haben!"

„Hab' ich", sagte Zwanziger triumphierend und zog den Durchsuchungsbefehl aus der Brusttasche. Er schlenkerte mit dem zweifach gefalzten Schreiben, so dass das Blatt aufschlug und hielt es Hübner hin.

Der senkte den Blick. „Ich brauche das nicht zu lesen. Diese Papiere sind immer korrekt, in Kasachstan genauso wie in Rheinlandpfalzistan." Er machte eine noble, einladende Geste und sagte: „Also, gehen wir."

Jetzt reagierte Torsten Weidenfeller endlich und entsandte eine Steifenwagenbesatzung zum ICE-Bahnhof. „Die junge Kollegin ist da wohl in was reingeraten", sagte er. Dann begleitete er zusammen mit den anderen beiden Beamten Staatsanwalt Zwanziger und Anton Hübner zum Haus Nummer 17. Nur Bertram Buck, der bei seinem Wagen, und Ludwig Furtwängler, der bei seinem Rollator geblieben war, standen noch da. „Kommen Sie", sagte der Kriminaldirektor, „wir beide trinken jetzt einen Kaffee mit Cognac. Kennen Sie ein gutes Café hier in der Nähe?" Damit öffnete er den Font des Wagens für den Rollator und führte dann den Alten zur Beifahrertür. Aus alter Gewohnheit legte er ihm die Hand auf den Kopf. Von weitem, dessen wurde er sich plötzlich bewusst, sah das wie eine Festnahme aus.

Als der Streifenwagen beim ICE-Bahnhof ankam, hatte Ann-Barbara Cappell die Lage längst im Griff. Sie hatte einfach ihre Waffe gezogen und gesagt: „Ich bin von der Polizei. Ich habe keinen Humor, von dem ich wüsste."
Und die drei hatten ihre Hände gehoben. Halb hoch, so dass die Hände in Schulterhöhe waren. Zwei Mädchen, die sich auf der Freitreppe zum ICE-Bahnhof niedergelassen hatten, waren kreischend aufgesprungen und hatten in dem dahinterliegenden Friseurladen Schutz und Deckung gesucht.
Dann hatte sie mit den dreien gesprochen: „Wenn ich jetzt die Waffe wegnehme und Sie dann die Hände runternehmen, können wir uns dann unterhalten wie normale Menschen?"
Die drei hatten genickt – und so geschah es auch …
„Dann wüsste ich jetzt gerne von Ihnen, Horst, ehrlich und ohne Umschweife: Haben Sie Hans Steinhöfel letzten Montagabend, kurz vor 20 Uhr, oben am Schloss getroffen, als er einen Fahrgast aussteigen ließ?"
Der Mann nickte nur.
„Und wer war die Glatze, die mit Ihnen gesehen worden war?" Sie schaute auf den Fahrer, der aus dem zweiten Wagen gestiegen war und auffällig wenig Haare auf dem Kopf hatte.
„Ich", sagte der.
„Und Sie", fragte sie den Ersten, „hatten Sie am vergangenen Montagabend Dienst?"
Der verneinte und versicherte, dass das auch der Schichtplan beweisen werde. „Und ich hab' ein Alibi, sagte er. Meine Mutter hatte Geburtstag."
„Dann können Sie jetzt gehen und Ihrer Mutter sagen, dass sie einen braven Jungen hat."
In diesem Moment hielt der Streifenwagen mit kreischenden Bremsen neben dem Taxi, die beiden Uniformierten

sprangen heraus – und sahen, dass hier eigentlich niemand Verstärkung brauchte.

„Nehmt die beiden mal bitte mit. Wir müssen die ja nicht auf der Straße vernehmen, oder?" Dann fasste sie sich, las die beiden vollständigen Namen von ihrem Notizzettel ab und fügte hinzu: „Ich verhafte Sie wegen des dringenden Verdachts, Hans Steinhöfel getötet zu haben." Mit einem „Fapp" schloss sie den Wagen von „Horst" ab.

Anton Hübner schloss die Wohnungstür auf und überließ dem Staatsanwalt und den drei Polizisten den Vortritt.
„Wonach sollen wir suchen?", fragte einer der Beamten.
„Nach der Tatwaffe – vermutlich ein Brotmesser."
„Also kommen Sie, natürlich habe ich ein Brotmesser", Anton Hübner ging nun doch voraus in die Küche, öffnete die Besteckschublade und stutzte. Kein Brotmesser. Dann suchte er in der Geschirrspülmaschine. Kein Brotmesser. In der Spüle – nichts. Auf dem Esstisch – nichts.
„Aha", sagte Zwanziger. „Die Tatwaffe wurde vernichtet, entfernt. Sie haben sie verschwinden lassen. Abführen."
„Also kommen Sie", sagte Anton Hübner und hielt ihm seine Hände entgegen. „Wenn Sie ein Brotmesser finden, bin ich dran. Wenn Sie keines finden, auch. Was ist das hier – ein Rechtsstaat?"
„Herr Anton Hübner", sagte der Staatsanwalt betont gefasst. „Ich verhafte Sie wegen des dringenden Verdachts, Hans Steinhöfel getötet zu haben."
Die beiden Uniformierten nahmen ihn in die Mitte und verließen die Wohnung.

Bertram Buck saß neben Gerlinde Bloch im Café Görg. Sie hatten wieder zwei Tische zusammengestellt, weil insgesamt sieben Personen bei Milchkaffee, Tee, Latte Macchiato oder einem schlichten Kännchen beisammensaßen. Für Gerlinde Bloch gab es selbstverständlich wieder einen Cognac mit einem auf seine Auflösung wartenden Eidotter. Für Buck und Ludwig Furtwängler gab es einen doppelten Cognac.

Buck wandte sich an Willi Streller. „Jetzt red' schon. Ihr habt dem Hans Steinhöfel das Leben genauso schwer gemacht wie er euch, oder? Kein Mensch hat so viel Energie, sich mit der ganzen Welt anzulegen, wenn er nicht ständig neu dafür motiviert oder vielmehr angestachelt wird."

Willi Streller nickte. „Zum Schluss haben die Kollegen regelrecht Jagd auf ihn gemacht. Haben ihn von der Straße gedrängt, wenn sie ihn in seinem roten Golf gesehen haben – egal, ob er einen Fahrgast hatte oder nicht."

„Und letzten Montag?"

„Ich weiß nicht viel. Aber da war was. Frag Stefan – oder noch besser den Horst. Das ist der Kleine."

Buck brummte. „Und in der Sommerwiese war auch nicht alles eitel Honigschlecken, oder?"

„Naja", sagte Ludwig Furtwängler. „Mir war er ein Freund. Aber es gab schon immer mal wieder Szenen auf der Straße. Wenn er abends nach Hause kam und die Leute wollten ihn nicht durchlassen."

„Und letzten Montag?"

Der Alte zuckte die Schultern. Er habe nichts mitbekommen. Wenn, dann habe sich das alles in der Stadt abgespielt.

„Enne Hetzjachd", meldete sich Gerlinde Bloch zu Wort. „Das hat es hier immer schon gegeben."

„Ja, und die enden meist tödlich", resümierte Bloch, trank den Cognac und stand auf. „Josef", sagte er zu Josef Weidenfeller, „begleite mich bitte zur Kriminalinspektion! Ich denke, wir können der Sache jetzt ein Ende machen."

Staatsanwalt Zwanziger war in Fahrt, als Kriminaldirektor Buck den Vernehmungsraum betrat. Er hatte die beiden Taxifahrer im Schwitzkasten. „Sie haben also Hans Steinhöfel am Schloss aufgelauert, ihn gezwungen, sein Fahrzeug zu verlassen und haben ihn Richtung Kleinem Markt verfolgt. Ist das so?"
„Wir haben da oben unsere Garage", sagte der Glatzkopf. „Wir konnten das genau beobachten, wenn der Hans Fahrgäste ablieferte. Und dann haben wir den anderen Bescheid gesagt. Ein bisschen Angst sollte der schon haben. Aber mehr auch nicht."
Zuvor hatte der Staatsanwalt von Anton Hübner schon eine ähnliche Erklärung gehört. „Wir haben dem Mann nicht aufgelauert", hatte der bei der Vernehmung ausgesagt. „Aber wenn er stänkernd durch die Sommerwiese kam, dann haben wir uns schon mal auf die Straße gestellt und gesagt: Du nicht." Am Montag hätten die Nachbarn ihn dann in der Fußgängerzone angetroffen, eher zufällig – aber da habe er schon einen Pulk hinter sich gehabt. „Lauter Taxifahrer", sagte Anton Hübner.
Staatsanwalt Zwanziger stellte sich die Szene vor: Es war wie ein Showdown im Kino. Von der einen Seite näherten sich die Nachbarn, von der anderen verfolgten die Taxileute Hans Steinhöfel. So wurde er allmählich eingekreist. Mitten in der Fußgängerzone einer deutschen Kleinstadt – unglaublich.

Zwanziger wandte sich wieder der Glatze zu. „Aber diesmal ging es um mehr, als ein bisschen Angst einzujagen. Diesmal ging's tödlich aus."

Der Taxifahrer nickte. Der Schweiß auf seiner Glatze spiegelte den Schein der Neonröhren im Verhörraum wider. Er fuhr sich mit der Hand über den kahlen Kopf. „Das hat keiner gewollt. Wir standen alle am Eingang zum Schusterählchen. Keiner wollte mehr nachgeben. Niemand wollte sich gegenüber den anderen eine Schwäche vorwerfen lassen. Einer begann damit, Hans Steinhöfel zu schubsen. Er stolperte, stieß gegen einen Zweiten, der ihn wieder zurück in den immer enger werdenden Ring stieß. Wieder ein Schubser. Ein Faustschlag vielleicht. Eine Ohrfeige."

Staatsanwalt Zwanziger wartete. Zögernd erzählte der Glatzkopf weiter: „Irgendwann war Hans Steinhöfel dann gestürzt. Er lag vor uns. Dann kam der erste Fußtritt, der zweite. Wir zogen ihn wieder hoch, warfen ihn gegen die Wand. Nochmal. Und nochmal…"

Mit einem Mal gluckste er. Erneut fuhr er sich über die Glatze. Zwanziger verharrte stumm. Das war der Moment kurz vor dem Geständnis. Er liebte diese Stille, dieses Innehalten, ehe der entscheidende Satz folgte. Aber diesmal wurde er enttäuscht.

„Niemand hatte das Messer gesehen", stöhnte der Taxifahrer auf. „Niemand hatte gesehen, wer das Messer mit sich führte. Niemand hatte gesehen, wer das Messer verschwinden ließ."

Staatsanwalt Zwanziger versuchte es noch einmal, die Glatze kam erneut in Schwitzen, blieb aber bei seiner Aussage. Auch Anton Hübner, den sich Bertram Buck noch einmal vornahm blieb bei dieser Version: „Ich weiß nicht, wer mit dem Messer zugestoßen hat. – Es war ein Handgemenge."

Auch die anderen, die nach und nach im Vernehmungsraum befragt wurden, hatten die entscheidende Tat nicht gesehen. Was sie gesehen hatten war, wie sich Hans Steinhöfel aufrichtete, seine Peiniger anstarrte, verwundet und verwundert. Dann habe er sich abgewandt und war in der Gasse verschwunden. Die Meute war einfach davongelaufen. Voller Angst vor sich selbst. Eines war klar. Einer der Umstehenden hatte das Messer und war mit den anderen geflüchtet. Aber wer?

Staatsanwalt Zwanziger nahm Buck, Weidenfeller und Das kleine ABC zur Seite. „Wenn die dabei bleiben, sind wir erledigt."

Alle nickten. Gemeinschaftlich begangener Totschlag. Wenn es dem Staatsanwalt nicht gelang, den tatsächlichen Täter zu ermitteln, wenn sich die Tatwaffe nicht fand, dann – ja, dann würden alle freigesprochen.

„Ihre Anwälte werden ihnen raten, die Klappe zu halten", warnte Buck. „Und wir können ihnen den Rechtsbeistand nicht mehr lange vorenthalten."

„Harte Nuss", gab der Staatsanwalt zu. „Wir werden sie weichkochen, das schwöre ich."

Dann fragte Buck: „Wie kam jetzt eigentlich dieser dumme Schlüssel in den Hang?"

Ann-Barbara Cappell lachte laut auf. „Sie werden es nicht glauben. Horst war einer der Schaulustigen, als Torsten letzten Mittwoch da oben seine Ermittlungen begann. Er hat sie verloren, als er auf den Zaun kletterte. Er hat es wohl noch nicht einmal gemerkt."

„Das Gesetz des zureichenden Grundes", grinste Buck.
„Schopenhauer", grinste sie zurück. „Aber der hilft uns jetzt auch nicht weiter."